新日檢N2聽解

30天速成！新版

こんどうともこ 著／王愿琦 中文翻譯
元氣日語編輯小組 總策劃

これ一冊あれば
「聴解」なんて怖くない！

日本語能力試験に合格するために、がんばっていることと思います。ある人は学校の特別対策講義を受けたり、ある人は大量の試験対策問題を買い込んだり、ある人は教材は買ったものの何をどう勉強していいかわからず、ただ神様にお願いしているだけかもしれません。

じつは、日本語能力試験はある傾向をつかめば、問題を解くコツがつかめます。それが書かれた優れた教材もいくつか出版されています。ただ、それらを如何に上手に見つけるかは、学習者の能力と運にもよるのですが……。とはいっても、それは「言語知識（文字・語彙・文法）」と「読解」においていえることです。残念なことに、「聴解」に打ち勝つコツというのは、今のところほとんど見たことがありません。

そこで生まれたのが本書です。画期的ともいえる本書には、学習者が苦手とする間違いやすい発音や、文法などの基本的な聞き取り練習が豊富に取り入れられています。また、問題パターンについての解説もあります。流れに沿って問題を解いていくうちに、試験の傾向が自然と身につく仕組みになっているのです。さらに、頻度の高い単語や文型が種類別に列挙してあるので、覚えておくと役に立ちます。自信がついたら、後ろにある模擬試験で実力をチェックしてみましょう。自分の弱点が分かれば、あとはそれを克服するのみです。

最後に、本書を手にとってくださった学習者のみなさまが、「聴解」への恐怖心をなくし、さらなる一歩を踏み出してくだされば幸いです。合格を心よりお祈り申し上げます。

こんどうともこ

有了這一本書，「聽解」就不怕了！

相信您正為了要考過日本語能力測驗而努力著。或許有些人正讀著學校特別對應考試的講義，或許有些人買了很多對應考試的問題集，也或許有些人講義買是買了，但不知道如何去讀，只能祈求上蒼保佑。

其實日本語能力測驗，只要能夠掌握考題走向，便能掌握解題的要訣。而這樣出色的教材，也有好幾本已經出版了。只不過，要如何有效地找到這些教材，還得靠學習者的能力和運氣。話雖如此，這些好教材可以說也僅限於「言語知識（文字・語彙・文法）」和「讀解」而已。很遺憾的，有關要戰勝「聽解」要訣的書，目前幾乎一本都沒有。

於是，這本書醞釀而生了。也可稱之為劃時代創舉的本書，富含了學習者最棘手、容易出錯的發音或是文法等基本聽力練習。此外，就問題題型也做了解說。整本書的結構，是在按部就班解題的同時，也能自然而然了解考試的走向。再者，由於本書也分門別類列舉了出現頻率高的單字和句型，所以有助於記憶。而一旦建立了自信，請試著用附錄的擬真試題確認實力吧！若能知道自己的弱點，之後就是克服那些而已。

最後，如果手持本書的各位學習者，能夠因此不再害怕「聽解」，甚至讓聽力更上一層樓的話，將是我最欣慰的事。在此衷心祝福大家高分過關。

近藤知子

（元氣日語編輯小組　譯）

戰勝新日檢
掌握日語關鍵能力

元氣日語編輯小組

日本語能力測驗（日本語能力試験）是由「日本國際教育支援協會」及「日本國際交流基金會」，在日本及世界各地為日語學習者測試其日語能力的測驗。自1984年開辦，迄今超過30多年，每年報考人數節節升高，是世界上規模最大、也最具公信力的日語考試。

❋ 新日檢是什麼？

近年來，除了一般學習日語的學生之外，更有許多社會人士，為了在日本生活、就業、工作晉升等各種不同理由，參加日本語能力測驗。同時，日本語能力測驗實行30多年來，語言教育學、測驗理論等的變遷，漸有改革提案及建言。在許多專家的縝密研擬之下，自2010年起實施新制日本語能力測驗（以下簡稱新日檢），滿足各層面的日語檢定需求。

除了日語相關知識之外，新日檢更重視「活用日語」的能力，因此特別在題目中加重溝通能力的測驗。目前執行的新日檢為5級制（N1、N2、N3、N4、N5），新制的「N」除了代表「日語（Nihongo）」，也代表「新（New）」。

❋ 新日檢N2的考試科目有什麼？

新日檢N2的考試科目為「言語知識・讀解」與「聽解」二大科目，詳細考題如後文所述。

至於新日檢N2總分則為180分，並設立各科基本分數標準，也就是總分須通過合格分數（＝通過標準）之外，各科也須達到一定成績（＝通過門檻），如果總分達到合格分數，但有一科成績未達到通過門檻，亦不算是合格。各級之總分通過標準及各分科成績通過門檻請見下表。

N2總分通過標準及各分科成績通過門檻			
總分通過標準	得分範圍	0~180	
	通過標準	90	
分科成績通過門檻	言語知識（文字・語彙・文法）	得分範圍	0~60
		通過門檻	19
	讀解	得分範圍	0~60
		通過門檻	19
	聽解	得分範圍	0~60
		通過門檻	19

從上表得知，考生必須總分90分以上，同時「言語知識（文字・語彙・文法）」、「讀解」、「聽解」皆不得低於19分，方能取得N2合格證書。

而從分數的分配來看，「言語知識（文字・語彙・文法）」、「聽解」、「讀解」各為60分，分數佔比均為1/3，表示新日檢非常重視聽力與閱讀能力，要測試的就是考生的語言應用能力。

此外，根據官方新發表的內容，新日檢N2合格的目標，是希望考生能理解日常生活中各種狀況的日語，並對各方面的日語能有一定程度的理解。

新日檢N2程度標準		
新日檢N2	閱讀（讀解）	・對於議題廣泛的報紙、雜誌報導、解説、或是簡單的評論等主旨清晰的文章，閱讀後理解其內容。 ・閱讀與一般話題相關的讀物，理解文脈或意欲表現的意圖。
	聽力（聽解）	・在日常生活及一些更廣泛的場合下，以接近自然的速度聽取對話或新聞，理解話語的內容、對話人物的關係、掌握對話要義。

❋ 新日檢N2的考題有什麼？

要準備新日檢N2，考生不能只靠死記硬背，而必須整體提升日文應用能力。考試內容整理如下表所示：

考試科目（時間）		題型			
		大題		內容	題數
言語知識（文字・語彙・文法）・讀解 考試時間105分鐘	文字・語彙	1	漢字讀音	選擇漢字的讀音	5
		2	表記	選擇適當的漢字	5
		3	語形成	派生語及複合語	5
		4	文脈規定	根據句子選擇正確的單字意思	7
		5	近義詞	選擇與題目意思最接近的單字	5
		6	用法	選擇題目在句子中正確的用法	5
	文法	7	文法1（判斷文法形式）	選擇正確句型	12
		8	文法2（組合文句）	句子重組（排序）	5
		9	文章文法	文章中的填空（克漏字），根據文脈，選出適當的語彙或句型	5
	讀解	10	內容理解（短文）	閱讀題目（包含生活、工作等各式話題，約200字的文章），測驗是否理解其內容	5
		11	內容理解（中文）	閱讀題目（評論、解說、隨筆等，約500字的文章），測驗是否理解其因果關係、理由、或作者的想法	9
		12	綜合理解	比較多篇文章相關內容（約600字），並進行綜合理解	2
		13	內容理解（長文）	閱讀主旨較清晰的評論文章（約900字），測驗是否能夠掌握其主旨或意見	3
		14	資訊檢索	閱讀題目（廣告、傳單、情報誌、書信等，約700字），測驗是否能找出必要的資訊	2

考試科目（時間）	題型			
	大題		內容	題數
聽解 考試時間50分鐘	1	課題理解	聽取具體的資訊，選擇適當的答案，測驗是否理解接下來該做的動作	5
	2	重點理解	先提示問題，再聽取內容並選擇正確的答案，測驗是否能掌握對話的重點	6
	3	概要理解	測驗是否能從聽力題目中，理解説話者的意圖或主張	5
	4	即時應答	聽取單方提問或會話，選擇適當的回答	12
	5	統合理解	聽取較長的內容，測驗是否能比較、整合多項資訊，理解對話內容	4

其他關於新日檢的各項改革資訊，可逕查閱「日本語能力試驗」官方網站http://www.jlpt.jp/。

❋ 台灣地區新日檢相關考試訊息

測驗日期：每年七月及十二月第一個星期日

測驗級數及測驗時間：N1、N2在下午舉行；N3、N4、N5在上午舉行

測驗地點：台北、桃園、台中、高雄

報名時間：第一回約於三～四月左右，第二回約於八～九月左右

實施機構：財團法人語言訓練測驗中心

（02）2365-5050

http://www.lttc.ntu.edu.tw/JLPT.htm

如何使用本書

本書將應考前最後衝刺的30天分成6大區塊，一開始先累積「聽解」的基礎知識，接著再逐項拆解五大問題，一邊解題，一邊背誦考試中可能會出現的句型和單字。跟著本書，只要30天，「聽解」就能高分過關！

STEP 1 學會「非會不可的基礎知識」

第1～5天的「非會不可的基礎知識」，教您如何有系統地累積聽解實力，一舉突破日語聽力「音便」、「相似音」、「委婉說法」、「敬語」的學習障礙！

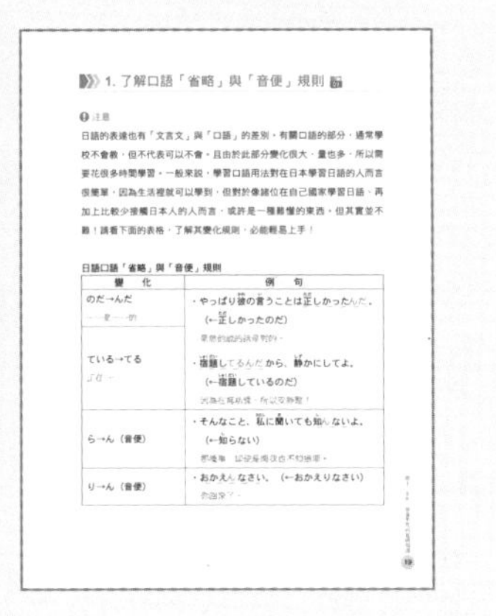

1. 了解口語「省略」與「音便」規則

注意

日語的表達也有「文言文」與「口語」的差別，有關口語的部分，通常學校不會教，但不代表可以不會。且由於此部分變化很大，量也多，所以需要花很多時間學習。一般來說，學習口語用法對在日本學習日語的人而言很簡單，因為生活裡就可以學到，但對於像諸位在自己國家學習日語，再加上比較少接觸日本人的人而言，或許是一種難懂的東西。但其實並不難！請看下面的表格，了解其變化規則，必能輕易上手！

日語口語「省略」與「音便」規則

變化	例句
のだ→んだ	・やっぱり彼の言うことは正しかったんだ。（←正しかったのだ）
ている→てる	・宿題してるんだから、静かにしてよ。（←宿題しているのだ）
ら→ん（音便）	・そんなこと、私に聞いても知んないよ。（←知らない）
り→ん（音便）	・おかえんなさい。（←おかえりなさい）

STEP 2 拆解「聽解科目的五大題型」

第6～30天，每5天為一個學習單位，一一拆解聽解科目五大題型，從「會考什麼」、「考試形式」一直到「會怎麼問」，透徹解析！

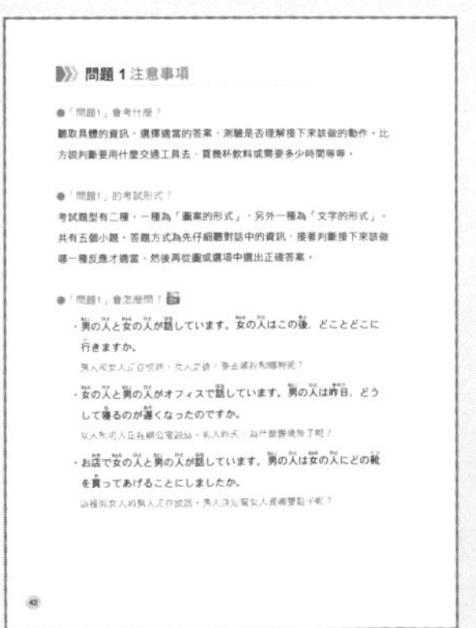

問題1 注意事項

●「問題1」會考什麼？

聽取具體的資訊，選擇適當的答案，測驗是否理解接下來該做的動作。比方說判斷要用什麼交通工具去、買幾杯飲料或需要多少時間等等。

●「問題1」的考試形式？

考試題型有二種，一種為「圖案的形式」，另外一種為「文字的形式」，共有五個小題。答題方式為先仔細聽對話中的資訊，接著判斷接下來該做哪一種反應才適當，然後再從圖或選項中選出正確答案。

●「問題1」會怎麼問？

・男の人と女の人が話しています。女の人はこの後、どことどこに行きますか。

・女の人と男の人がオフィスで話しています。男の人は昨日、どうして寝るのが遅くなったのですか。

・お店で女の人と男の人が話しています。男の人は女の人にどの靴を買ってあげることにしましたか。

STEP 3 即刻「實戰練習・實戰練習解析」

了解每一個題型之後，立刻做考題練習。所有考題皆完全依據「日本國際教育支援協會」及「日本國際交流基金會」所公布的新日檢「最新題型」與「題數」出題。

測驗時聽不懂的地方請務必跟著音檔複誦，熟悉日語標準語調及説話速度，提升日語聽解應戰實力。此外，所有題目及選項，均有中文翻譯與詳細解析，可藉此釐清應考聽力的重點。

問題 1 實戰練習

問題1

問題1では、まず質問を聞いてください。それから話を聞いて、問題用紙の1から4の中から、最もよいものを一つえらんでください。

1番

1. 1と2　2. 1と4　3. 2と3　4. 2と4

43

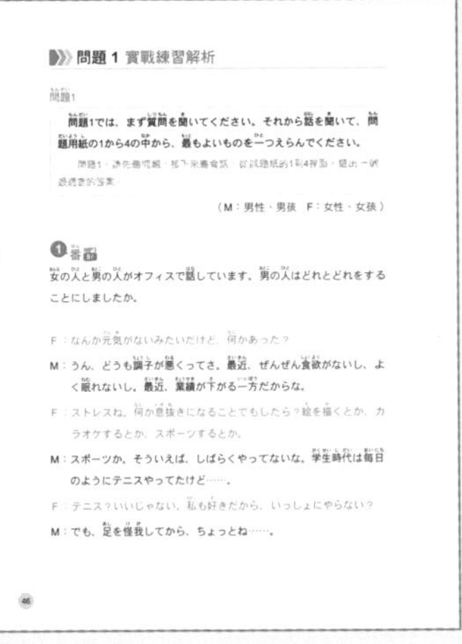

問題 1 實戰練習解析

問題1

問題1では、まず質問を聞いてください。それから話を聞いて、問題用紙の1から4の中から、最もよいものを一つえらんでください。

（M：男性、男孩　F：女性、女孩）

1番

女の人と男の人がオフィスで話しています。男の人はどれとどれをすることにしましたか。

F：なんか元気がないみたいだけど、何かあった？

M：うん、どうも調子が悪くってさ。最近、ぜんぜん食欲がないし、よく眠れないし。最近、業績が下がる一方だからな。

F：ストレスね。何か息抜きになることでもしたら？絵を描くとか、カラオケするとか、スポーツするとか。

M：スポーツか。そういえば、しばらくやってないな。学生時代は毎日のようにテニスやってたけど……。

F：テニス？いいじゃない。私も好きだから、いっしょにやらない？

M：でも、足を怪我してから、ちょっとね……。

46

STEP 4 收錄「聽解必考句型・聽解必背單字」

特別收錄「聽解必考句型」、「聽解必背單字」。五大題型裡經常會出現的會話口語文法、必考單字，皆補充於該題型之後，不僅可以提高答題的正確率，還可以加強自己的文法、單字實力。

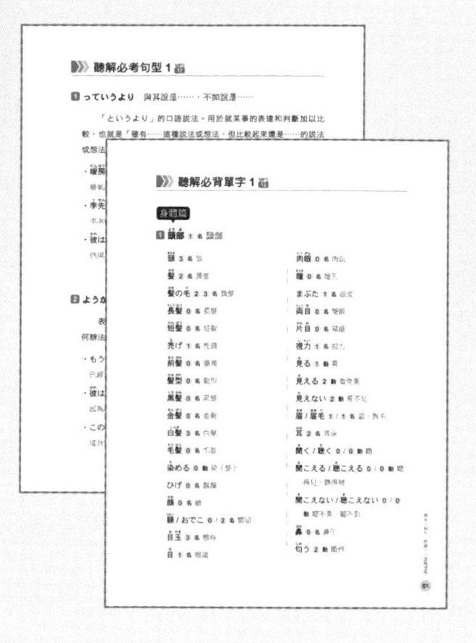

STEP 5 附錄：擬真試題＋解析

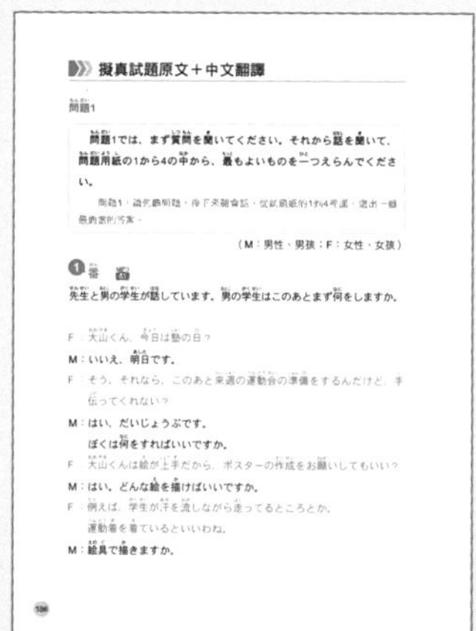

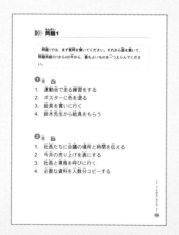

附錄為一回擬真試題，實際應戰，考驗學習成效。更可以事先熟悉新日檢聽力考試現場的臨場感。擬真試題作答完畢後，再參考解析及翻譯加強學習，聽解實力再進化。

如何掃描 QR Code 下載音檔

1. 以手機內建的相機或是掃描 QR Code 的 App 掃描封面的 QR Code。
2. 點選「雲端硬碟」的連結之後，進入音檔清單畫面，接著點選畫面右上角的「三個點」。
3. 點選「新增至「已加星號」專區」一欄，星星即會變成黃色或黑色，代表加入成功。
4. 開啟電腦，打開您的「雲端硬碟」網頁，點選左側欄位的「已加星號」。
5. 選擇該音檔資料夾，點滑鼠右鍵，選擇「下載」，即可將音檔存入電腦。

目次

第 1~5 天 非會不可的基礎知識

第 6～10 天　問題1「課題理解」

第 11～15 天　問題2「重點理解」

第16～20天 問題3「概要理解」

第21～25天 問題4「即時應答」

第26～30天 問題5「統合理解」

附錄 新日檢N2聽解擬真試題＋解析

本書採用略語：

名 名詞

動 動詞

副 副詞

イ形 イ形容詞（形容詞）

ナ形 ナ形容詞（形容動詞）

第 1～5 天

非會不可的基礎知識

在分五大題進行題目解析之前，先來看看要準備哪些，才能打好穩固的聽力基礎實力！

「新日檢N2聽解」準備要領

❋ 新日檢「聽解」要求什麼？

新日檢比舊日檢更要求貼近生活的聽解能力，所以內容多是日本人在職場上、學校上、家庭上每天實際運用的日文。

❋ 如何準備新日檢「聽解」？

據說有許多考生因為找不到提升聽解能力合適的書，所以用看日劇或看日本綜藝節目的方式來練習聽力。這種學習方式並非不好，但是如果不熟悉一般對話中常出現的「口語上的省略」或「慣用表現」的話，就永遠不知道日本人實際在說什麼。因此本單元提供很多「非會不可的聽解基礎知識」，只要好好學習，保證您的聽解有令人滿意的成績！

 1. 了解口語「省略」與「音便」規則 MP3 01

❗注意

日語的表達也有「文言文」與「口語」的差別。有關口語的部分，通常學校不會教，但不代表可以不會。且由於此部分變化很大，量也多，所以需要花很多時間學習。一般來説，學習口語用法對在日本學習日語的人而言很簡單，因為生活裡就可以學到，但對於像諸位在自己國家學習日語、再加上比較少接觸日本人的人而言，或許是一種難懂的東西。但其實並不難！請看下面的表格，了解其變化規則，必能輕易上手！

日語口語「省略」與「音便」規則

變　化	例　句
のだ→んだ ……是……的	・やっぱり彼（かれ）の言（い）うことは正（ただ）しかったんだ。 （←正（ただ）しかったのだ） 果然他説的話是對的。
ている→てる 正在……	・宿題（しゅくだい）してるんだから、静（しず）かにしてよ。 （←宿題（しゅくだい）しているのだ） 因為在寫功課，所以安靜點！
ら→ん（音便）	・そんなこと、私（わたし）に聞（き）いても知（し）んないよ。 （←知（し）らない） 那種事，即使是問我也不知道耶。
り→ん（音便）	・おかえんなさい。（←おかえりなさい） 你回來了。

變　　化	例　　句
れ→ん（音便）	・おなかがいっぱいで、もう食べらんない。 （←食べられない） 因為肚子太飽，所以已經不能吃了。
と言っている→って 說	・彼はすぐ来るって。（←来ると言っている） 他說：「馬上到！」
とは→って 所謂的～是～	・ゲートボールって、どんなスポーツですか。 （←ゲートボールとは） 所謂的槌球，是什麼樣的運動呢？
という→って 叫做	・駅前の「ブラック」って喫茶店、聞いたことある？（←「ブラック」という） 你聽過車站前那家叫做「黑色」的咖啡店嗎？
ても→たって 再怎麼……，也……	・どんなにがんばったって、結果は同じだ。 （←がんばっても） 再怎麼努力，結果是一樣的。
ておく→とく 先做好	・帰るときは、窓を閉めとくこと。 （←閉めておく） 要回去時，先把窗戶關起來。
れば→りゃ 如果……的話	・そんなにたくさん食べりゃ、太るはずだよ。 （←食べれば） 吃那麼多，胖也是應該的啊！
けば→きゃ 如果……的話	・アメリカに行きゃ英語が話せるようになるってもんじゃない。（←行けば） 哪有可能去美國的話就變得會說英文。

變　　化	例　　句
せば→しゃ 不做的話	・そんなことよしゃいいのに。（←よせば） 那種事，不要做就好了。
ては→ちゃ 要是……的話	・お酒(さけ)を飲(の)みすぎちゃ、体(からだ)によくないよ。 （←飲(の)みすぎては） 喝太多酒的話，對身體不好喔。
てしまう→ちゃう 表示完成、感慨、遺憾	・買(か)い物(もの)ばかりしてると、お金(かね)がなくなっちゃうよ。（←なくなってしまう） 一直買東西的話，會沒錢喔。
もの→もん 因為、由於	・A：昨日(きのう)、どうして来(こ)なかったの。 B：だって大雪(おおゆき)だったんだもん。 （←もの） A：昨天為什麼沒有來？ B：因為下大雪啊。
など→なんか 之類的	・A：これからお茶(ちゃ)なんかどう？（←など） B：いいよ。 A：接下來喝茶如何？ B：好啊。
ほんとうに→ほんとに 真的	・ほんとにおいしいね。（←ほんとうに） 真的好吃耶！
すみません→ すいません 對不起、不好意思	・すいません、もう二度(にど)としません。 （←すみません） 對不起，再也不會做了。

2. 了解「相似音」的差異 MP3 02

注意

聽考題的時候，請注意有沒有濁音（ ﾞ ）、半濁音（ ﾟ ）、促音（っ・ッ）、長音（拉長的音・ー）、撥音（ん・ン）、拗音（ゃ/ゅ/ょ・ャ/ュ/ョ）等等。有沒有這些音，意思就會完全不一樣喔！

日語「相似音」的差異

	有	無
濁音	ぶた（豚） 0 名 豬 ざる（笊） 0 名 竹簍 えいご（英語） 0 名 英文	ふた（蓋） 0 名 蓋子 さる（猿） 1 名 猴子 えいこ（栄子） 1 名 榮子（日本女生的名字）
半濁音	ぽかぽか 1 副 暖和地 プリン 1 名 布丁 ペン 1 名 筆	ほかほか 1 副 熱呼呼地 ふりん（不倫） 0 名 外遇 へん（変） 1 名 ナ形 奇怪
促音	しょっちゅう 1 副 經常 マッチ 1 名 火柴 きって（切手） 0 名 郵票	しょちゅう（暑中） 0 名 盛夏 まち（町 / 街） 2 / 2 名 城鎮 / 大街 きて（来て / 着て） 1 / 0 動 來 / 穿
長音	おばあさん 2 名 祖母、外祖母、（指年老的婦女）老奶奶、老婆婆 おじいさん 2 名 祖父、外祖父、（指年老的男性）老公公、老爺爺	おばさん 0 名 伯母、叔母、舅母、姑母、姨母、（指中年婦女）阿姨 おじさん 0 名 伯父、叔父、舅舅、姑丈、姨丈、（指中年男子）叔叔

	有	無
長音	ステーキ 2 名 牛排 シール 1 名 帖子	すてき（素敵） 0 ナ形 極好、極漂亮 しる（知る） 0 動 知道
撥音	かれん（可憐） 0 ナ形 可愛、惹人憐愛 かんけい（関係） 0 名 關係	かれ（彼） 1 名 他 かけい（家計 / 家系） 0 / 0 名 家計 / 血統
拗音	きゃく（客） 0 名 客人 りょこう（旅行） 0 名 旅行 じょゆう（女優） 0 名 女演員 びょういん（病院） 0 名 醫院	きく（菊） 0 名 菊花 りこう（利口） 0 名 ナ形 聰明、機靈、周到 じゆう（自由） 2 名 自由 びよういん（美容院） 2 名 美容院

3.「委婉說法」的判斷方法 MP3 03

❗ 注意

日本人說話時，常會出現繞了一大圈反而意思更不清楚，或者說得太委婉反而讓對方聽不懂說話者到底想說什麼的情況。如果沒有注意聽，「した」（做了）還是「しなかった」（沒做）、「行く」（要去）還是「行か

日語的「委婉說法」

表　達	事　實
すればいいんだけど 要是有做該有多好	沒有做（明明知道做比較好，但卻沒有做）
するつもりはない 沒有做……的打算	不做（強烈的意志）
するつもりはなかったんだけど 沒有打算做，但……	做了，但後悔
するつもりだったんだけど 打算做，但……	但結果沒做或做不到
しなければいいのに 要是不做就好了……	本來不想做，但還是做了
してたらよかった 要是……就好了	後悔自己沒做的事
しないでよかった 還好沒有做	滿足於自己沒做的事

ない」（不要去）等根本無法判斷。所以多認識不同狀況的「表達」和「事實」的差別，也就是「委婉說法」，絕對可以提升您的聽力！

例　句
本当(ほんとう)はもっと練習(れんしゅう)すればいいんだけど……。 要是多練習就好了……。
友達(ともだち)のお金(かね)を使(つか)ってまで、遊(あそ)ぶつもりはない。 沒有到要用朋友的錢去玩的打算。
カンニングするつもりはなかったんだけど、ついしてしまった。 本來沒有打算作弊，但不小心做了。
百点(ひゃくてん)を取(と)るつもりだったんだけど、だめだった。 原本打算拿一百分，但結果不行。
そんなばかなこと、しなければいいのに……。 不做那麼愚蠢的事就好了……。
学生(がくせい)のとき、もっと勉強(べんきょう)してたらよかったのに……。 學生時，要是多唸書就好了……。
どんなにつらくても、あきらめないでよかった。 再怎麼辛苦，沒有放棄真好。

表　達	事　實
したことにする 當作……、算作……	沒有做
しなかったことにする 當作沒有做	做了
するところだった 那可就、險些	差一點做，但沒有做
してなかったら 沒有……就好了	做了
してたら 如果……的話	沒有做
しなければよかった 要是不做……就好了	不做也沒關係
しないといけなかった （原來）非……不可	忘了做
してよかった 做了真好	滿足有做的事

例句
昨日は、きみといっしょにいたことにしてくれない？ 當作昨天我和你在一起好嗎？
今の話は聞かなかったことにしよう。 剛才的話就當作沒聽見吧。
もう少しで転ぶところだった。 差一點跌倒。
あの時手術してなかったら、危なかったそうよ。 據說那時候沒有開刀的話，很危險的唷。
子供のときに日本に行ってたら、日本語がもっと上手だっただろうな。 如果小時候就去日本的話，日文會更厲害吧。
あんな男とつき合わなければよかった。 如果不和那種男人交往就好了。
宿題をしないといけなかったんだった。 （原來）非做功課不可。
合格してよかった。 考上了真好。

 4.「敬語」只要多聽，其實一點都不難！ MP3 04

❗ 注意

聽解考題裡，由於常會出現上下關係很明顯的場面，所以高難度的「敬語」也不可不學習。說到「敬語」，其實有些連日本人都會説錯，比方説您聽過「恐(おそ)れ入(い)ります」這句話嗎？「恐(おそ)れ」（恐怖）？其實意思就是「謝謝您」，但是聽起來和「ありがとうございました」（謝謝您）完全不同吧。雖然有點難度，但一旦背起來，下次遇到日本客人並使用這句話的話，對方將對您完全改觀，且有可能會收到大量訂單喔！所以不要怕錯！只要漸漸熟悉，自然而然就會變成敬語達人！

新日檢「聽解」裡常聽到的敬語

敬語說法	一般說法
恐(おそ)れ入(い)ります。 非常感謝。	ありがとうございます。 謝謝您。 すみません。 不好意思。
恐(おそ)れ入(い)りますが……。 很抱歉……。	すみませんが……。 不好意思……。
お伝(つた)え願(ねが)えますか。 可以拜託您轉達嗎？	伝(つた)えてくれますか。 可以（幫我）傳達嗎？
お越(こ)し願(ねが)えませんか。 可以勞駕您來一趟嗎？	来(き)てくれませんか。 可不可以請你來呢？

敬語說法	一般說法
お電話(でんわ)させていただきます。 請讓我來打電話。	電話(でんわ)します。 我來打電話。
お電話(でんわ)さしあげます。 讓我來（為您）打電話。	電話(でんわ)します。 我來打電話。
お電話(でんわ)いただけますか。 可以麻煩您幫忙打電話嗎？	電話(でんわ)してもらえますか。 可以幫忙打電話嗎？
お電話(でんわ)ちょうだいできますか。 可以請您打電話給我嗎？	電話(でんわ)もらえますか。 可以打電話給我嗎？
今(いま)、何(なん)とおっしゃいましたか。 您剛才說了什麼呢？	今(いま)、何(なん)と言(い)いましたか。 你剛才說了什麼？
何(なん)になさいますか。 您決定要什麼呢？	何(なん)にしますか。 你決定要什麼呢？
どういたしましょうか。 如何是好呢？	どうしましょうか。 怎麼辦呢？
拝見(はいけん)します。 拜見。	見(み)ます。 看。
ご覧(らん)ください。 請過目。	見(み)てください。 請看。
承(うけたまわ)りました。 聽到了。	聞(き)きました。 聽見了。
かしこまりました。 遵命。	分(わ)かりました。 知道了。

5. 聽解練習 MP3 05

❗注意

相信各位已從前面學到不少好用的規則，有「省略」、「音便」、「相似音」、「委婉説法」、「敬語」，透過這些規則來考試，必能輕鬆如意。接下來，請各位熟悉考試的型態，這對應考大有幫助。一起練習看看吧！

まず、問題を聞いてください。それから正しい答えを一つ選んでください。

問題1

何と言いましたか。正しいほうを選んでください。

①A）そんなに食べりゃ、誰だって太るよ。

　B）そんなに食べれば、誰だって太るよ。

②A）きつくて着れないよ。

　B）きつくて着られないよ。

③A）タバコを吸いすぎちゃ、癌になるよ。

　B）タバコを吸いすぎては、癌になるよ。

④A）どうせがんばったってむりだもん。

　B）どうせがんばってもむりだもの。

⑤ A） 食器は自分で洗っておきなさい。

B） 食器は自分で洗っときなさい。

⑥ A） そんなことよしゃいいのに。

B） そんなことよせばいいのに。

問題2

何と言いましたか。正しいほうを選んでください。

① A） ぶた　　B） ふた

② A） へん　　B） ペン

③ A） おじさん　　B） おじいさん

④ A） びょういん　　B） びよういん

⑤ A） すてき　　B） ステーキ

⑥ A） ぽかぽか　　B） ほかほか

問題3

内容の正しいほうを選んでください。

① A) 気がついた。

　B) 気がつかなかった。

② A) 今日までに提出する。

　B) 今日までに提出しなくてもいい。

③ A) つき合った。

　B) つき合わなかった。

④ A) あそこにいた。

　B) あそこにいなかった。

⑤ A) 毎日いっしょうけんめい練習している。

　B) ときどきは練習しているが、毎日ではない。

⑥ A) お酒を飲む。

　B) お酒を飲まない。

問題4

男の人と女の人が話しています。男の人の意味はどちらですか。正しいほうを選んでください。

①A）席を取っておいてあげる。

B）席を取っておいてあげない。

②A）遅れるといっても、限度がある。

B）遅れるといっても、たいしたことはない。

③A）そこには置かないでください。

B）そこでいいです。ありがとうございます。

④A）似合わないと思う。

B）似合うと思う。

⑤A）合格するわけがない。

B）合格しないわけがない。

⑥A）ほしいものがたくさんあって、決められない。

B）ほしいものはない。

解答與解析

問題1

何と言いましたか。正しいほうを選んでください。

說了什麼呢？請選出正確答案。

①A）そんなに食べりゃ、誰だって太るよ。

吃那麼多，誰都會胖啊。

②A）きつくて着れないよ。

因為緊，不能穿耶。

③A）タバコを吸いすぎちゃ、癌になるよ。

抽太多菸，會得癌症喔。

④A）どうせがんばったってむりだもん。

反正不管再怎麼努力也不行嘛。

⑤B）食器は自分で洗っときなさい。

餐具要自己洗好！

⑥B）そんなことよせばいいのに。

不做那樣的事就好了……。

問題(もんだい)2

何(なん)と言(い)いましたか。正(ただ)しいほうを選(えら)んでください。

說了什麼呢？請選出正確答案。

①A）ぶた 豬　　B）ふた 蓋子

②A）へん 奇怪　　B）ペン 筆

③A）おじさん 舅舅、叔叔　　B）おじいさん 爺爺、老公公

④A）びょういん 醫院　　B）びよういん 美容院

⑤A）すてき 極棒、極漂亮　　B）ステーキ 牛排

⑥A）ぽかぽか 暖和地　　B）ほかほか 熱呼呼地

問題3

内容の正しいほうを選んでください。

請選出正確內容。

① もっと早く気がつけばよかったのに。

再早點發現就好了啊……。

A）気がついた。 發現了。

B）気がつかなかった。 沒有發現。

② そうだったの？今日までに提出しなきゃいけないんだと思ってた。

是喔？我以為今天之前非交不可的耶。

A）今日までに提出する。 今天之前要交。

B）今日までに提出しなくてもいい。 今天之前不需要交。

③ あんな奴とつき合わなければよかったよ。

沒有和那種傢伙交往就好了。

A）つき合った。 交往了。

B）つき合わなかった。 沒有交往。

④ あそこにいたら、私たちも事故に遭ってたね。

如果在那裡，我們也會遇到事故耶。

A）あそこにいた。 人在那裡。

B）あそこにいなかった。 人沒有在那裡。

⑤ 毎日きちんと練習すれば、上手になるのは分かってるんだけどね……。

雖然知道每天好好練習就會變厲害，但是……。

A）毎日いっしょうけんめい練習している。 每天拚命練習。

B）ときどきは練習しているが、毎日ではない。

有時候會練習，但不是每天。

⑥ お酒は飲まないこともないよ。

也沒有不喝酒唷。

A）お酒を飲む。 喝酒。

B）お酒を飲まない。 不喝酒。

問題4

男の人と女の人が話しています。男の人の意味はどちらですか。正しいほうを選んでください。

男人和女人正在說話。男人的意思是哪個呢？請選出正確答案。

① 男：席、取っといたげるね。

男：位子，我幫你佔好唷。

女：ありがとう。

女：謝謝。

A）席を取っておいてあげる。 幫你佔好位子。

B）席を取っておいてあげない。 不幫你佔好位子。

② 男：遅れるったって、程があるだろう。

男：再怎麼遲到，也該有個限度吧。

女：ごめんなさい。

女：對不起。

A）遅れるといっても、限度がある。 說遲到，也有個限度。

B）遅れるといっても、たいしたことはない。 說遲到，也沒什麼了不起。

③ 女：これはここに置いておけばいいですか。

女：這個放在這裡就可以嗎？

男：恐れ入ります。

男：真不好意思。

A）そこには置かないでください。 請不要放在那裡。

B）そこでいいです。ありがとうございます。 那裡就可以。謝謝您。

④ 女：あれ、すてきね。私も似合うかな。

女：那件，好看耶。我也合適嗎？

男：自分の顔、鏡でよく見てみたら？

男：仔細用鏡子看看你自己的臉如何？

A）似合わないと思う。覺得不合適。

B）似合うと思う。覺得合適。

⑤ 女：この間受けた日本語能力試験、合格した？

女：上次考的日本語能力測驗，考上了？

男：まさか……。

男：怎麼可能……。

A）合格するわけがない。不可能考上。

B）合格しないわけがない。不可能考不上。

⑥ 女：誕生日のプレゼント、ほしいものない？

女：生日禮物，有沒有什麼想要的東西呢？

男：これといって……。

男：沒有什麼特別的……。

A）ほしいものがたくさんあって、決められない。

因為想要的東西太多，無法決定。

B）ほしいものはない。沒有想要的東西。

第 6～10 天

問題1「課題理解」

考試科目 （時間）	題型			
	大題		內容	題數
聽解50分鐘	1	課題理解	聽取具體的資訊，選擇適當的答案，測驗是否理解接下來該做的動作	5
	2	重點理解	先提示問題，再聽取內容並選擇正確的答案，測驗是否能掌握對話的重點	6
	3	概要理解	測驗是否能從聽力題目中，理解說話者的意圖或主張	5
	4	即時應答	聽取單方提問或會話，選擇適當的回答	12
	5	統合理解	聽取較長的內容，測驗是否能比較、整合多項資訊，理解對話內容	4

問題 1 注意事項

❋「問題1」會考什麼？

聽取具體的資訊，選擇適當的答案，測驗是否理解接下來該做的動作。比方說判斷要用什麼交通工具去、買幾杯飲料或需要多少時間等等。

❋「問題1」的考試形式？

考試題型有二種，一種為「圖案的形式」，另外一種為「文字的形式」。共有五個小題。答題方式為先仔細聽對話中的資訊，接著判斷接下來該做哪一種反應才適當，然後再從圖或選項中選出正確答案。

❋「問題1」會怎麼問？ MP3 06

・男の人と女の人が話しています。女の人はこの後、どことどこに行きますか。

男人和女人正在說話。女人之後，要去哪裡和哪裡呢？

・女の人と男の人がオフィスで話しています。男の人は昨日、どうして寝るのが遅くなったのですか。

女人和男人正在辦公室說話。男人昨天，為什麼變晚睡了呢？

・お店で女の人と男の人が話しています。男の人は女の人にどの靴を買ってあげることにしましたか。

店裡面女人和男人正在說話。男人決定幫女人買哪雙鞋子呢？

問題 1 實戰練習

問題1

問題1では、まず質問を聞いてください。それから話を聞いて、問題用紙の1から4の中から、最もよいものを一つえらんでください。

1番 MP3 07

1

2

3

4

1. 1と2　　2. 1と4　　3. 2と3　　4. 2と4

2番(ばん) MP3 08

1

2

3

4

1. 西瓜(すいか)を1つとりんごを3つ

2. 西瓜(すいか)を2分(ぶん)の1とりんごを5つ

3. 西瓜(すいか)を5分(ぶん)の1とりんごを3つ

4. 西瓜(すいか)は買(か)わずにりんごを5つ

3番 MP3 09

1. 報告書を書く
2. コピーをとる
3. グラフを整理する
4. 英語を翻訳する

4番 MP3 10

1. 図書館の掲示板でチェックする
2. 先生が送るメールでチェックする
3. 職員室の掲示板でチェックする
4. インターネットでチェックする

5番 MP3 11

1. 原稿の裏表をひっくり返していた
2. 原稿の上下をひっくり返していた
3. 原稿の裏表をひっくり返さなかった
4. 原稿の上下をひっくり返さなかった

問題 1 實戰練習解析

問題1

問題1では、まず質問を聞いてください。それから話を聞いて、問題用紙の1から4の中から、最もよいものを一つえらんでください。

問題1，請先聽問題。接下來聽會話，從試題紙的1到4裡面，選出一個最適當的答案。

（M：男性、男孩　F：女性、女孩）

1 番 MP3 07

女の人と男の人がオフィスで話しています。男の人はどれとどれをすることにしましたか。

F：なんか元気がないみたいだけど、何かあった？

M：うん、どうも調子が悪くってさ。最近、ぜんぜん食欲がないし、よく眠れないし。最近、業績が下がる一方だからな。

F：ストレスね。何か息抜きになることでもしたら？絵を描くとか、カラオケするとか、スポーツするとか。

M：スポーツか。そういえば、しばらくやってないな。学生時代は毎日のようにテニスやってたけど……。

F：テニス？いいじゃない。私も好きだから、いっしょにやらない？

M：でも、足を怪我してから、ちょっとね……。

F：じゃ、水泳は？水に浮いてると、かなりリラックスできるんだって。この間、テレビでやってたよ。

M：水泳か、いいね。週末、いっしょに行こっか！

F：うん。あっ、そうそう。私の行ってるコーラス部、今日練習があるんだけど、参加してみない？大きな声出して歌うと、すっきりするよ。

M：しばらく歌なんか歌ってないな。いいかも。行ってみる。

男の人はどれとどれをすることにしましたか。

1. 1と2
2. 1と4
3. 2と3
4. 2と4

女人和男人正在辦公室說話。男人決定做什麼和什麼呢？

F：怎麼好像無精打采的，怎麼了嗎？

M：嗯，就覺得哪裡不對勁。最近，一點食慾都沒有，而且也睡不著。大概是最近業績一直下滑吧。

F：是壓力吧。做一些可以喘息的事情如何？像是畫畫圖、唱唱卡拉OK、或是做運動之類的。

M：運動啊？說到這個，有一陣子沒做了呢。學生時代幾乎每天都打網球⋯⋯。

F：網球？不錯啊。因為我也喜歡，要不要一起打？

M：可是，腳受傷以後，有點⋯⋯。

F：那麼，游泳呢？據說浮在水上，可以放鬆很多。之前，電視有播喔！

M：游泳啊？好耶！週末，一起去吧！

F：嗯。啊，對了、對了。我去的合唱團，今天有練習，要不要參加看看？大聲唱出來，很暢快喔！

M：有一陣子沒唱歌了。可能不錯。去看看。

男人決定做什麼和什麼呢？

1. 1和2
2. 1和4
3. 2和3
4. 2和4

答案：4

2番 MP3 08

果物屋さんで女の人が果物を選んでいます。女の人はお客様用にどれを買うことにしましたか。

M：いらっしゃいませ！今日は台湾バナナのおいしいのが入ってますけど、どうですか。

F ：ずいぶん大きいわね。

M：ええ。でも、ただ大きいだけじゃないんですよ。フィリピン産のバナナとちがって、甘みも香りも強いのが特徴なんです。それに果肉がねっとりしていて、食感も最高なんです。

F ：主人が好きだから、朝食用にもらうわ。

M：ありがとうございます。

F ：それより、明日お客様が来るんだけど、何かいい果物ないかしら。

M：青森のりんごなんてどうです？今日のは、いつも以上に甘くて水分もたっぷりですよ。あとは……西瓜もおすすめです。

F ：西瓜？この時季、珍しいわね。じゃ、その2種類、いただくわ。でも西瓜は食べきれないから、丸ごと1つじゃなくてもいい？

M：いいですよ。半分にお切りします。

F ：じゃ、お願い。あとりんごを5つちょうだい。

M：かしこまりました。今、包みますから、少々お待ちください。

女の人はお客様用にどれを買うことにしましたか。

1. 西瓜（すいか）を1（ひと）つとりんごを3（みっ）つ
2. 西瓜（すいか）を2分（にぶん）の1（いち）とりんごを5（いつ）つ
3. 西瓜（すいか）を5分（ごぶん）の1（いち）とりんごを3（みっ）つ
4. 西瓜（すいか）は買（か）わずにりんごを5（いつ）つ

女人正在水果店挑選水果。女人決定買哪種給客人用呢？

M：歡迎光臨！今天有進台灣好吃的香蕉，如何呢？

F：相當大耶！

M：是的。但是，不只是大而已喔！和菲律賓產的香蕉不同，又甜又香是它的特點。而且果肉有黏性，口感也很棒。

F：我先生喜歡，拿來當早餐吧！

M：謝謝您。

F：比起那個，明天有客人要來，有沒有什麼好水果呢？

M：青森的蘋果如何？今天的，比平常還要甜，水分也很多喔！還有……西瓜也很推薦。

F：西瓜？這個季節，很難得耶！那麼，那二種，就買吧！不過西瓜吃不完，所以可以不要一整顆嗎？

M：可以啊！我切一半。

F：那麼，拜託了。還有麻煩蘋果五個。

M：知道了。現在就包起來，請稍等。

女人決定買哪種給客人用呢？

1. 西瓜一個和蘋果三個
2. 西瓜二分之一個和蘋果五個
3. 西瓜五分之一個和蘋果三個
4. 不買西瓜，蘋果五個

答案：2

3番 MP3 09

女の人と男の人が、オフィスで話しています。女の人は、何をすることになりましたか。

F：木村さん、まだ終わらないんですか？

M：今日は残業になりそうだよ。僕に遠慮しないで、先に帰っていいよ。

F：あんまり無理しないでくださいね。

M：報告書の締め切りがあさってなんだ。もう少しだから、やっちゃうよ。

F：何か私にできることがあったら言ってください。お手伝いします。今晩、私、彼氏にデート断られて、暇になっちゃったんです。

M：ありがとう。じゃ、ちょっとだけお願いしようかな。

F：どうぞどうぞ！先輩のためなら、深夜までだっておつきあいします。

M：悪いね。

F：でも、英語の翻訳はだめですよ。私、日本語さえも苦手なんで……。

M：それはもう済んだよ。それじゃ、このグラフの整理、お願いできるかな。

F：それなら、まかせてください。そういうのすごく得意なんです。それと、コピーとるのも得意ですよ！

M：ははっ、それはいいよ。僕も得意だから。

女の人は、何をすることになりましたか。

1. 報告書を書く
2. コピーをとる
3. グラフを整理する
4. 英語を翻訳する

女人和男人，正在辦公室說話。女人變成要做什麼呢？

F：木村先生，還沒結束嗎？

M：今天可能要加班了。不用考慮到我，先回去沒關係喔！

F：請不要太勉強喔！

M：報告書的截止日是後天。因為還剩下一點點，就做吧！

F：如果有什麼我可以做的，請跟我說。我來幫忙。今天晚上，我男朋友不跟我約會，所以變有空了。

M：謝謝。那麼，就拜託妳幫點忙吧！

F：請、請！為了前輩的話，就算到半夜都陪。

M：不好意思耶！

F：不過，英文翻譯不行喔！我連日文都不擅長……。

M：那個已經做好了喔！那麼，這個表格的整理，可以拜託妳嗎？

F：那麼，就交給我。那種東西我非常擅長。還有，影印也很擅長喔！

M：哈哈～，那個不用啦！因為我也很擅長。

女人，變成要做什麼呢？

1. 寫報告書
2. 影印
3. 整理表格
4. 翻譯英文

答案：3

4番 MP3 10

授業で、女の先生が話しています。学生は来週から、テストの結果をどのようにチェックしますか。

F：来週からインターネットを使って、宿題の確認やテストの結果がチェックできるようになりました。

M：でもそれじゃ、他の人に点数がばれちゃうじゃないですか。

F：それは心配ありません。それぞれにパスワードを配るので、それをキーインしないと見られませんから。

M：でも先生、家にコンピューターがない人はどうしたらいいんですか。

F：宿題は、今までどおり職員室の掲示板で確認できますし、テストの結果は、直接先生に聞けばいいですよ。

M：そうですね。

F：あとは、来月から図書館にも３０台ほどコンピューターを入れることになっていますから、それを使ってもいいです。今日は中山さんがお休みなので、佐藤君、教えてあげてくださいね。

M：はい。

学生は来週から、テストの結果をどのようにチェックしますか。

1. 図書館の掲示板でチェックする
2. 先生が送るメールでチェックする
3. 職員室の掲示板でチェックする
4. インターネットでチェックする

上課中，女老師正在說話。學生從下週開始，要如何查詢考試的結果呢？

F：從下週開始，可以使用網路查詢作業的確認或是考試的結果了。

M：可是那樣，不是會被別人看到分數了嗎？

F：那個不用擔心。因為會發下各自的密碼，所以不輸入那個的話，就看不到。

M：可是老師，家裡沒有電腦的人怎麼辦呢？

F：作業和現在一樣，可以在教職員辦公室的公告欄確認，還有考試的結果，直接問老師就好了喔！

M：對耶。

F：還有，因為從下個月開始，圖書館也會安裝三十台左右的電腦，所以也可以使用那個。今天因為中山同學請假，所以佐藤同學，請跟她說喔！

M：好的。

學生從下週開始，要如何查詢考試的結果呢？

1. 用圖書館的公告欄查詢
2. 用老師寄送來的電子郵件查詢
3. 用教職員辦公室的公告欄查詢
4. 用網路查詢

答案：4

5番 MP3 11

女の人と男の人がコピー機の前で話しています。女の人は教えてもらうまで、どんなミスをしていましたか。

M：どうかした？

F：あの……両面コピーがどうもうまくできなくて。

M：ああ、それなら簡単だよ。先週、入社したばかりだから、分からないことも多いでしょ。今、やってみせるから、見てて。

F：はい。

M：まず普通にコピーするでしょ。それから出てきたコピーを、上下も裏表もひっくり返さないで、そのままここに入れて。

F：そうでしたか。ありがとうございます。

M：あっ、ちょっと待って。この原稿とまったく同じものを作るんだよね。

F：はい。

M：それじゃ、原稿はそうじゃなくて、こう。

F：あー、上下をひっくり返してたから、向きが違っちゃったんだ。助かりました。部長に、急いでやってくれって言われてるんで。

M：じゃ、がんばって。

F：はい。ありがとうございました。

女の人は教えてもらうまで、どんなミスをしていましたか。

1. 原稿の裏表をひっくり返していた
2. 原稿の上下をひっくり返していた
3. 原稿の裏表をひっくり返さなかった
4. 原稿の上下をひっくり返さなかった

女人和男人正在影印機前說話。女人在人家教她之前，犯了什麼樣的錯誤呢？

M：怎麼了嗎？

F：那個……雙面影印怎麼都弄不好。

M：啊，那個的話簡單啦！上個星期才進公司，所以不懂的還很多吧！現在，做給妳看，妳看看。

F：好的。

M：首先是普通的影印對不對。然後把跑出來的影印，上下和正反都不要翻轉過來，直接放進去這裡。

F：原來如此啊！謝謝您。

M：啊，稍等。要印出和這個原稿完全一樣的東西是吧。

F：是的。

M：那麼，原稿不是那樣，是這樣。

F：啊～，我把上下翻轉過來，所以方向才會不對。真是得救了。因為部長叫我快點印給他。

M：那麼，加油喔！

F：好。謝謝您。

女人在人家教她之前，犯了什麼樣的錯誤呢？

1. 把原稿的正反面翻轉過來了
2. 把原稿的上下翻轉過來了
3. 原稿的正反面沒有翻轉過來
4. 原稿的上下沒有翻轉過來

答案：2

聽解必考句型 1 MP3 12

1 っていうより　與其說是……，不如說是……

「というより」的口語說法。用於就某事的表達和判斷加以比較，也就是「雖有……這種說法或想法，但比較起來還是……的說法或想法比較妥當」的意思。

- 暖房が効きすぎて、暖かいっていうより暑いんだけど。

  暖氣開太強了，與其說是暖和，還不如說是很熱耶。

- 李先生は学校の先生っていうより、銀行員みたいだね。

  李老師與其說是學校的老師，倒不如說像是個銀行職員喔。

- 彼は失礼っていうより無神経な人だ。

  他與其說是無禮，不如說是少根筋的人啊。

2 ようがない　沒辦法……

表示「採取什麼辦法也沒有用了」的意思。用於表示沒有其他任何辦法時。

- もうがんばりようがない。

  已經沒辦法加油了。

- 彼はどこにいるか分からないから、知らせようがない。

  因為不知道他在哪裡，所以無法通知。

- このパソコンはひどく壊れてしまったから、直しようがない。

  這台電腦嚴重損壞，沒辦法修。

3 にしちゃ　以……而言，卻……

表示「按其比例」的意思，後接與預測不同的事情。是「にしては」的口語說法。

・彼は運動選手にしちゃ、体が弱そうだ。

以他是運動選手而言，身體看起來弱了點。

・林くんは日本に十五年もいたにしちゃ、日本語が下手だね。

以林同學在日本待了有十五年來看，日文很糟耶。

・このマンション、都心にしちゃ家賃が安いね。

這個高級公寓，地處市中心房租卻很便宜耶。

4 がち　經常……、容易……

接續在名詞之後，表示「容易產生該名詞所顯示的狀態」或是「具備相當多該名詞所表現的性質」的意思。如該狀態不同於尋常，則帶有負面評價的含意。

・祖母は最近、病気がちだ。

祖母最近，經常生病。

・うちの息子は体が弱く、学校を休みがちなんです。

我家兒子身體不好，經常向學校請假。

・甘いものはついつい食べすぎてしまいがちだから、気をつけたほうがいいですよ。

甜食不小心就容易吃多，所以節制點較好唷。

5 げ　帶著……

接續在形容詞語幹或動詞連用形之後，形成一個表示帶有這種樣子意思的ナ形容詞。可以替換「そう」的形式。

- 彼女の笑顔には、どこか寂しげなところがある。

  她的笑容中帶著一股寂寥感。

- 彼はつまらなげに、雑誌を読んでいた。

  他狀似無聊地看著雜誌。

- 父の悲しげな表情が気になった。

  父親帶著悲傷的表情令我擔心。

6 てちょうだい　請……、拜託……

用於向對方表示某種請求。一般是女性或兒童對身邊或較親近的人使用。雖然不是很粗魯的説法，但一般在正式場合上不宜使用。

- 洋介、ちょっとここへ来てちょうだい。

  洋介，請來這裡一下。

- お願いだから、ここでタバコを吸うのはやめてちょうだい。

  拜託你，請別在這裡抽菸！

- 悪いけど、どいてちょうだい。

  不好意思，請借過。

7 あげく　最後、結果

接在「名詞＋の」或動詞的常體過去式後，表示在經過某一過程之後，產生了不好的結果。有時候也會以「あげくに」、「あげくの果(は)て」的形式出現。

・いろいろ考(かんが)えたあげく、留学(りゅうがく)しないことにした。

想來想去，最後決定不去留學了。

・弟(おとうと)は五年(ごねん)も浪人(ろうにん)したあげく、フリーターになった。

弟弟重考了有五年，最後變成打工族。

・悩(なや)んだあげく、彼(かれ)と別(わか)れることにした。

煩惱到最後，決定和他分手了。

8 がてら　順便……、在……同時、藉……之便

接在表示動作的名詞或動詞之後，以「AがてらB」的形式表示「在做A的同時，順便也做了B」的意思。一般多用於做了B之後的結果也可以完成A的場合。也可以說「……をかねて」、「……かたがた」等等。

・彼女(かのじょ)は仕事(しごと)がてら、よくネットショッピングをしている。

她藉著工作之便，經常上網購物。

・弟(おとうと)は散歩(さんぽ)がてら、図書館(としょかん)で本(ほん)を借(か)りてきた。

弟弟去散步，順便在圖書館借了書回來。

・週末(しゅうまつ)はドライブがてら、海(うみ)に行(い)ってみようと思(おも)っている。

我想在週末開車兜風的時候，順便去海邊看看。

聽解必背單字 1 MP3 13

身體篇

1 頭部（とうぶ） 1 名 頭部

頭（あたま） 3 名 頭

髪（かみ） 2 名 頭髮

髪の毛（かみのけ） 2 3 名 頭髮

長髪（ちょうはつ） 0 名 長髮

短髪（たんぱつ） 0 名 短髮

禿げ（はげ） 1 名 禿頭

前髪（まえがみ） 0 名 瀏海

髪型（かみがた） 0 名 髮型

黒髪（くろかみ） 0 名 黑髮

金髪（きんぱつ） 0 名 金髮

白髪（しらが） 3 名 白髮

毛髪（もうはつ） 0 名 毛髮

染める（そめる） 0 動 染（髮）

ひげ 0 名 鬍鬚

顔（かお） 0 名 臉

額（ひたい） / おでこ 0 / 2 名 額頭

目玉（めだま） 3 名 眼珠

目（め） 1 名 眼睛

肉眼（にくがん） 0 名 肉眼

瞳（ひとみ） 0 名 瞳孔

まぶた 1 名 眼皮

両目（りょうめ） 0 名 雙眼

片目（かため） 0 名 單眼

視力（しりょく） 1 名 視力

見る（みる） 1 動 看

見える（みえる） 2 動 看得見

見えない（みえない） 2 動 看不見

眉（まゆ） / 眉毛（まゆげ） 1 / 1 名 眉、眉毛

耳（みみ） 2 名 耳朵

聞く（きく） / 聴く（きく） 0 / 0 動 聽

聞こえる（きこえる） / 聴こえる（きこえる） 0 / 0 動 聽得見、聽得到

聞こえない（きこえない） / 聴こえない（きこえない） 0 / 0 動 聽不見、聽不到

鼻（はな） 0 名 鼻子

匂う（におう） 2 動 聞到

臭う（におう） 2 動 聞到（臭味）

口（くち） 0 名 嘴

歯（は） 1 名 牙齒

唇（くちびる） 0 名 嘴唇

舌（した） / べろ 2 / 1 名 舌頭

虫歯（むしば） 0 名 蛀牙

あご 2 名 下巴

喉（のど） 1 名 喉嚨

首（くび） 0 名 脖子

首筋（くびすじ） 0 名 脖子、頸子

2 上半身（じょうはんしん） 3 名 上半身

肌（はだ） / 皮膚（ひふ） 1 / 1 名 肌膚

しわ 2 名 皺紋

腕（うで） 2 名 手臂、胳膊

肘（ひじ） 2 名 手肘

片腕（かたうで） 0 名 單隻手臂

両腕（りょううで） 0 名 雙臂

こぶし 0 名 拳頭

片手（かたて） 0 名 單手

両手（りょうて） 0 名 雙手

手首（てくび） 1 名 手腕

手（て） 1 名 手

指（ゆび） 2 名 指頭

親指（おやゆび） 0 名 大拇指

中指（なかゆび） 2 名 中指

人差し指（ひとさしゆび） 4 名 食指

薬指（くすりゆび） 3 名 無名指

小指（こゆび） 0 名 小指

爪（つめ） 0 名 指甲

指紋（しもん） 0 名 指紋

手の平（てのひら） / 掌（てのひら） 1 / 1 名 手掌

肩（かた） 1 名 肩膀

胸（むね） 2 名 胸部

乳房（ちぶさ） 1 名 乳房

背中（せなか） 0 名 背

腹（はら） / おなか 2 / 0 名 腹部

へそ 0 名 肚臍

脇の下（わきのした） 3 名 腋下

腰（こし） 0 名 腰

3 下半身（かはんしん） 2 名 下半身

足（あし） 2 名 腳

尻（しり） 2 名 屁股

膝（ひざ） 0 名 膝蓋

股（また） 2 名 胯

足首（あしくび） 2 3 名 腳脖子

足の甲（あしのこう） 4 名 腳背

つま先（さき） 0 名 腳尖

かかと 0 名 腳後跟

肛門（こうもん） 0 名 肛門

ふくらはぎ 3 名 小腿

太もも（ふと） 0 名 大腿

大根足（だいこんあし） 3 名 蘿蔔腿

4 体格（たいかく） 0 名 體格

全身（ぜんしん） 0 名 全身

人体（じんたい） 1 名 人體

肉体（にくたい） 0 名 肉體

骨（ほね） 2 名 骨頭

肥満（ひまん） 0 名 肥胖

痩せる（や） 0 動 瘦

太る（ふと） 2 動 胖

でぶ 1 名 胖子

スマート 2 ナ形 苗條、瀟灑

体重（たいじゅう） 0 名 體重

ダイエット 1 名 減重、減肥

5 命（いのち） 1 名 命

生命（せいめい） 1 名 生命

生きる（い） 2 動 活

生存（せいぞん） 0 名 生存

出生（しゅっせい） 0 名 出生

生まれる（う） 0 動 出生

誕生（たんじょう） 0 名 誕生

育つ（そだ） 2 動 發育、成長

育てる（そだ） 3 動 撫育、養育

成長（せいちょう） 0 名 成長

成熟（せいじゅく） 0 名 成熟

老いる（お） 2 動 衰老

老化（ろうか） 0 名 老化

老ける（ふ） 2 動 變老

長生き（ながい） 3 4 名 長壽

寿命（じゅみょう） 0 名 壽命

平均寿命（へいきんじゅみょう） 5 名 平均壽命

死（し） 1 名 死

生死（せいし） 1 名 生死

死ぬ（し） 0 動 死

自殺（じさつ） 0 名 自殺

亡くなる（な） 0 動 去世

死亡（しぼう） 0 名 死亡

6 病気（びょうき） 0 名 病

健康（けんこう） 0 名 健康

体調（たいちょう） 0 名 身體狀況

治療（ちりょう） / 手当て（てあ） 0 / 1 名 治療

治す（なお） 2 動 治療

治る（なお） 2 動 治好、痊癒

悪化（あっか） 0 名 惡化

快復（かいふく） 0 名 恢復

血圧（けつあつ） 0 名 血壓

高血圧（こうけつあつ） 3 4 名 高血壓

低血圧（ていけつあつ） 3 4 名 低血壓

脈（みゃく） 2 名 脈搏

体温（たいおん） 1 名 體溫

痛い（いた） 2 イ形 痛的

頭痛（ずつう） 0 名 頭痛

腹痛（ふくつう） 0 名 肚子痛

腰痛（ようつう） 0 名 腰痛

貧血（ひんけつ） 0 名 貧血

だるい 2 イ形 懶倦的、發痠的

痒い（かゆ） 2 イ形 癢的

苦しい（くる） 3 イ形 痛苦的

吐き気（はけ） 3 名 噁心、想吐

過労（かろう） 0 名 過勞

発作（ほっさ） 0 名 發作

下痢（げり） 0 名 拉肚子

便秘（べんぴ） 0 名 便祕

症状（しょうじょう） 3 名 症狀

癌（がん） 1 名 癌症

肺炎（はいえん） 0 名 肺炎

風邪（かぜ） 0 名 感冒

インフルエンザ 5 名 流行感冒

注射（ちゅうしゃ） 0 名 注射、打針

麻酔（ますい） 0 名 麻醉

検査（けんさ） 1 名 檢查

手術（しゅじゅつ） 1 名 手術

輸血（ゆけつ） 0 名 輸血

救急車（きゅうきゅうしゃ） 3 名 救護車

7 薬（くすり） 0 名 藥

薬局（やっきょく） 0 名 藥局

薬剤師（やくざいし） 3 名 藥劑師

医薬品（いやくひん） 0 名 醫藥品

抗生物質（こうせいぶっしつ） 5 名 抗生素

錠剤（じょうざい） 0 名 藥片

粉薬（こなぐすり） 3 名 藥粉

飲み薬（のみぐすり） 3 名 藥水

処方（しょほう） 0 名 處方

処方せん（しょほうせん） 0 名 處方箋

カプセル 1 名 膠囊

ビタミン剤（ざい） 3 名 維他命

痛み止め（いたみどめ） 0 名 止痛藥

アレルギー 3 名 過敏

副作用（ふくさよう） 3 名 副作用

目薬（めぐすり） 2 名 眼藥

漢方薬（かんぽうやく） 3 名 中藥

点滴（てんてき） 0 名 點滴

栄養（えいよう） 0 名 營養

休養（きゅうよう） 0 名 休養

健康保険証（けんこうほけんしょう） 0 名 健保卡

薬をもらう（くすりをもらう） 拿藥

薬を飲む（くすりをのむ） 吃藥

8 病院（びょういん） 0 名 醫院

大病院（だいびょういん） 3 名 大醫院

診察所（しんさつじょ） 5 名 診所

医者（いしゃ） 0 名 醫生

看護師（かんごし） 3 名 護士

病人（びょうにん） 0 名 病人

患者（かんじゃ） 0 名 患者

内科（ないか） 0 名 內科

外科（げか） 0 名 外科

耳鼻咽喉科（じびいんこうか） 1 名 耳鼻喉科

小児科（しょうにか） 0 名 小兒科

脳外科（のうげか） 3 名 腦外科

歯科（しか） 1 2 名 牙科

眼科（がんか） 0 名 眼科

皮膚科（ひふか） 0 名 皮膚科

産婦人科（さんふじんか） 0 名 婦產科

胃腸内科（いちょうないか） 4 名 胃腸內科

整形外科（せいけいげか） 5 名 整形外科

リハビリ 0 名 復健

入院（にゅういん） 0 名 住院

退院（たいいん） 0 名 出院

問題2「重點理解」

考試科目（時間）	題型			
	大題		內容	題數
聽解50分鐘	1	課題理解	聽取具體的資訊，選擇適當的答案，測驗是否理解接下來該做的動作	5
	2	重點理解	先提示問題，再聽取內容並選擇正確的答案，測驗是否能掌握對話的重點	6
	3	概要理解	測驗是否能從聽力題目中，理解説話者的意圖或主張	5
	4	即時應答	聽取單方提問或會話，選擇適當的回答	12
	5	統合理解	聽取較長的內容，測驗是否能比較、整合多項資訊，理解對話內容	4

問題 2 注意事項

❋「問題2」會考什麼？

先確認問題的提示，再聽取內容並選擇正確的答案。本大題主要測驗是否能掌握對話的重點。最常出現的問題是「どうして」（為什麼），要考生找出事情發生的原因、理由或對象等。

❋「問題2」的考試形式？

答題方式為先聽到問題，然後才看到試題本上的文字選項。所以一開始聽的時候，要先掌握被問的是時間或原因等，再用刪除法決定答案。共有六個小題。

❋「問題2」會怎麼問？ MP3 14

- 学校で女の学生と男の学生が話しています。女の学生はどうして旅行に参加できなくなったと言っていますか。

  學校裡，女學生和男學生正在說話。女學生正在說為什麼變得不能參加旅行了呢？

- 女の人が電話で話しています。女の人は、いつのどんな部屋を予約しましたか。

  女人正在用電話說話。女人預約了何時的什麼樣的房間了呢？

- 会社で女の人と男の人が話しています。男の人はどうしてその携帯を買うことにしましたか。

  公司裡女人和男人正在說話。男人為什麼決定買那支手機了呢？

問題 2 實戰練習

問題2

問題2では、まず質問を聞いてください。そのあと、せんたくしを読んでください。読む時間があります。それから話を聞いて、問題用紙の1から4の中から、最もよいものを一つえらんでください。

1番 MP3 15

1. 優子と映画を見に行ったから

2. 親友と手をつないでいたから

3. 自分と同じ服を親友も着てたから

4. 自分と映画を見に行かなかったから

2番 MP3 16

1. アメリカの音楽を聴いて

2. ラジオ放送で

3. インターネットで

4. 英語のテキストで

3番 MP3 17

1. 作家の描く世界が心地いいから
2. 小説を書くいい勉強になるから
3. ぐっすり眠れるようになるから
4. 生きる勇気と元気がもらえるから

4番 MP3 18

1. 女の子がみんな普通だから
2. 美人がたくさんいるから
3. おしゃべりが上手だから
4. スタイルがいいから

5番 MP3 19

1. 間違って届いてしまうから
2. 国際的な規則だから
3. 届くのが遅れるから
4. 海外への小包だから

6番 MP3 20

1. 自分はまだまだ遊びたいから

2. 相手は家も車も持ってないから

3. 相手の給料が少なすぎるから

4. 結婚は5年後と言われたから

問題 2 實戰練習解析

問題2

問題2では、まず質問を聞いてください。そのあと、せんたくしを読んでください。読む時間があります。それから話を聞いて、問題用紙の1から4の中から、最もよいものを一つえらんでください。

問題2，請先聽提問。之後，再閱讀選項。有閱讀的時間。接下來請聽會話，從試題紙的1到4裡面，選出一個最適當的答案。

（M：男性、男孩　F：女性、女孩）

1番 MP3 15

学校で女の学生と男の学生が話しています。女の学生が、彼氏と喧嘩した一番の原因は何だと言っていますか。

M：何かあった？朝からため息なんかついて。

F：昨日、彼氏と喧嘩しちゃってさ。

M：いつものことだろ。

F：それが、今回はかなりひどいの。

M：浮気とか？

F：ピンポ～ン！

M：明るいな、お前。

F：明るくしてなきゃ、やってられないわよ。だって浮気の相手、小学校からの親友なんだもん。

M：まじ？そりゃ、やってられないな。

F：おととい、優子と映画を見に行ったら、ばったり会っちゃって。手をぎゅってつないでてさ……。

M：それで怒ったんだ。

F：違うわよ。手をつなぐくらい、どうってことないわよ。そうじゃなくて、彼が私の誕生日にプレゼントしてくれたワンピースと同じもの、彼女も着てたの。

M：ひどいな、それ。別れるしかないね。

F：別れないわよ。彼のこと好きなんだもん。

M：何だよ、それ。

女の学生が、彼氏と喧嘩した一番の原因は何だと言っていますか。

1. 優子と映画を見に行ったから
2. 親友と手をつないでいたから
3. 自分と同じ服を親友も着てたから
4. 自分と映画を見に行かなかったから

學校裡，女學生和男學生正在說話。女學生正在說，和男朋友吵架的最大原因為何呢？

M：怎麼了嗎？從早上就開始嘆氣。

F：就昨天，和男朋友吵架了。

M：常常都這樣不是嗎？

F：那是因為這次很嚴重。

M：劈腿之類的嗎？

F：答對了～！

M：還真開朗啊，妳！

F：不開朗的話，怎麼過下去啊！因為他劈腿的對象，是從小學一直到現在的好朋友啊。

M：真的假的？那麼，還真過不下去啊！

F：前天，和優子去看電影，剛剛好遇到。手牽得好緊……。

M：所以生氣了嗎？

F：不是啦。牽牽手之類的，算不了什麼啦。不是那件事，而是我生日時他當作生日禮物送給我的洋裝一模一樣的東西，她居然也穿著。

M：那還真過份。看來只有分手了。

F：才不分哩！因為我喜歡他。

M：那算什麼啊！

女學生正在說，和男朋友吵架的最大原因為何呢？

1. 因為和優子去看電影

2. 因為和好朋友牽手

3. 因為好朋友也穿和自己一樣的衣服

4. 因為沒有和自己去看電影

答案：3

2番 MP3 16

オフィスで女の人と男の人が話しています。女の人はどうやって英語を勉強していると言っていますか。

F：課長、アメリカ本部との会議報告書ができたので、見ていただけますか。

M：おう、思ったより早かったな。どれどれ……。よくまとまってるじゃないか。

F：でも、英語で表現するのは、まだまだですね……。

M：そんなことないよ。確実にうまくなってる。うん、普段よく勉強しているだけあって、本当に上手に書けてるよ。

F：ありがとうございます。英語は毎日、ラジオ放送で勉強してるんです。

M：なるほどな。毎日ラジオで英語を聞いてれば、聴解能力がアップするし、ポイントを抑えた文章も書けるようになるってもんだ。私も見習わなくっちゃいけないな。

F：いえいえ、課長はこれ以上、上手にならないでください。優秀すぎる上司は部下にはプレッシャーです……。

M：ははっ、お世辞もうまくなったか？

F：いえ、本当です。

M：そうだ、この英語のテキスト、もともと1冊持ってたんだけど、妻からもプレゼントされちゃって、2冊あるんだ。よかったら、もらってくれないか。

F：わー、うれしいです。ありがとうございます。

女の人はどうやって英語を勉強していると言っていますか。

1. アメリカの音楽を聴いて

2. ラジオ放送で

3. インターネットで

4. 英語のテキストで

女人和男人在辦公室正在説話。女人正在説要怎樣學習英文呢？

F：課長，和美國本部的會議報告做好了，所以可以幫我看看嗎？

M：喔～，比想像中還快嘛～。哪裡哪裡……？整理得很好不是嗎？

F：但是，用英文來表現，還不行啦……。

M：沒這回事啦！真的變厲害了。嗯，正因為平常有好好讀書，所以真的寫得很好啊！

F：謝謝您。英文，我每天都聽收音機學習。

M：難怪啊～。每天用收音機聽英文的話，不但可以提升聽解能力，還能夠寫出抓住重點的文章啊！我也非好好看齊不可哪～。

F：不、不，課長不可以再更厲害了。過於優秀的上司，對部下來説是壓力……。

M：哈哈～，連客套話也越來越厲害啦？

F：沒有，是真的。

M：對了，這本英文教科書，我本來就有一本，但是我太太又送我一本，所以有二本。如果不介意的話，送妳好嗎？

F：哇啊～，好開心。謝謝您。

女人正在説要怎樣學習英文呢？

1. 聽美國的音樂

2. 用收音機廣播

3. 用網路

4. 用英文的教科書

答案：2

3番 MP3 17

教室で女の学生と男の学生が話しています。女の学生はどうしてその本を選んだと言っていますか。

M：またその小説、読んでるのか？

F：うん。何度読んでもあきないんだもん。っていうか、毎回感動しちゃうんだ、私。

M：それってもう絶版なんだよな。

F：うん、残念だけどね。

M：どこがそんなにいいんだよ。

F：うん……なんて言うか……簡単に言うと、また明日からがんばろうっていう、生きる勇気と元気がもらえるからかなぁ。

M：へー。

F：高橋君にはない？そういう本。

M：俺がくり返し読む本っていえば、村上春樹だけど、そんな難しいことじゃなくて、ただ彼の作り出す世界が心地いいからかなぁ。

F：うん、分かる、その感じ。いつか私もそんな小説が書けるようになりたいな。

M：お前なら、大丈夫だよ、きっと。

F：本当？うれしい！！

M：不眠症の患者が、すぐ眠れちゃう小説が書けるって。

F：何、それ！！

女の学生はどうしてその本を選んだと言っていますか。

1. 作家の描く世界が心地いいから

2. 小説を書くいい勉強になるから

3. ぐっすり眠れるようになるから

4. 生きる勇気と元気がもらえるから

女同學和男同學在教室正在說話。女同學正在說，為什麼選了那本書呢？

M：又在看那本小說了啊？

F：嗯。因為不管看幾次都不厭煩。應該是說，每一次都很感動，我。

M：說到那本書，已經絕版了吧！

F：嗯，雖然很可惜。

M：到底哪裡那麼好啊？

F：嗯……怎麼說呢……簡單來說，應該就是可以獲得明天又可以重新振作這樣活著的勇氣和朝氣吧！

M：咦～。

F：高橋同學你沒有嗎？像那樣的書。

M：說到會讓我反覆閱讀的書，就是村上春樹的，不過沒有那麼複雜啦，單純只是因為他創作出來的世界讓人覺得很舒服而已。

F：嗯，我懂，那種感覺。真希望哪一天，我也能寫出那樣的小說啊！

M：妳的話，沒問題的啦！一定。

F：真的？好開心！！

M：我是說可以寫出讓失眠症的病患能立刻想睡的小說。

F：什麼跟什麼嘛！！

女同學正在說，為什麼選了那本書呢？

1. 因為作家描繪的世界讓人感到舒服

2. 因為可以成為寫小說的學習

3. 因為變得可以熟睡

4. 因為可以獲得活著的勇氣和朝氣

答案：4

4番 MP3 18

オフィスで女の人と男の人が、いつも行くクラブについて話しています。男の人は、どうしてそのお店が好きですか。

F：聞きましたよ。今日も女の子のいるところに飲みに行くんですって？

M：まったく鈴木のやつ、口が軽いんだから。別に、女の子目当てで行くんじゃないよ。

F：言いわけしなくてもいいですよ。

M：本当だよ。

F：美人がたくさんいるんですよね、そういうところ。

M：いや、それがいないんだ。

F：またー。美人がいないのに、どうしていつもその店ばっかり行くんですか？

M：あの店の女の子はみんな普通なんだ。だから逆にいいんだよ。顔も普通だし、スタイルも普通、おしゃべりも普通。だから逆にリラックスできるっていうのかなぁ。近所のお姉ちゃんみたいな……。

F：変なの。せっかくお金出すんだから、美人のいるお店のほうがいいのに。

M：君達女性には分からないよ、永遠に。

F：私達だって知りたくないですよ！

男の人は、どうしてそのお店が好きですか。

1. 女の子がみんな普通だから

2. 美人がたくさんいるから

3. おしゃべりが上手だから

4. スタイルがいいから

辦公室裡，女人和男人就常去的俱樂部說著話。男人為什麼喜歡那家店呢？

F：我聽說囉！據說你今天又要去有女孩子的地方喝酒？

M：真是的，鈴木那傢伙，嘴巴還真不緊。我不是特別對女生有企圖才去的喔！

F：不用辯解也沒關係啦！

M：真的啦！

F：有很多美女吧！那種地方。

M：不，那裡沒有。

F：又來了～。要是沒有美女，為什麼你老是去那家店呢？

M：那家店的女孩子都很普通啦！所以反而更好呢！臉蛋普通，身材也普通，談吐也普通。所以反而更可以放鬆吧！就像鄰家的女孩一樣哪……。

F：真奇怪。明明特地花錢了，應該要到有美女的店比較好吧。

M：妳們女性不會懂的啦！永遠。

F：我們也不想懂呢！

男人為什麼喜歡那家店呢？

1. 因為女孩子都很普通

2. 因為有很多美女

3. 因為很會說話

4. 因為身材很好

答案：1

5番 MP3 19

郵便局で女の人と男の人が話しています。女の人は、どうして郵便番号を書かなければだめだと言っていますか。

M：この小包を台湾に送りたいんですが……。

F：航空便ですか、船便ですか。

M：急ぎなので、航空便で。

F：中身は何ですか。

M：服と食品です。

F：じゃ、ここに相手の住所と内容物を記入してください。

M：はい。

F：あっ、郵便番号も忘れないでくださいね。

M：郵便番号ですか？ちょっと分からないんですが……。

F：それは困りましたね。郵便番号が分からないと、届くのが遅れる可能性がありますけど……。

M：どうしよう……。

F：そうそう、あちらのコンピューターで調べることができますよ。よかったら、お使いください。

M：どうも。

女の人は、どうして郵便番号を書かなければだめだと言っていますか。

1. 間違って届いてしまうから
2. 国際的な規則だから
3. 届くのが遅れるから
4. 海外への小包だから

郵局裡女人和男人正在說話。女人正在說，為什麼非寫郵遞區號不可呢？

M：我想把這個小包寄到台灣……。

F：要航空郵件呢，還是海運郵件呢？

M：因為很急，所以用航空郵件。

F：裡頭是什麼呢？

M：衣服和食品。

F：那麼，請在這裡填入對方的地址和內容物。

M：好的。

F：啊，也請別忘了郵遞區號喔！

M：郵遞區號嗎？我不知道耶……。

F：那就傷腦筋耶。不知道郵遞區號的話，送達時間有可能會延遲……。

M：怎麼辦……？

F：對了、對了，可以用那邊的電腦查詢喔！不介意的話，請使用它。

M：謝謝。

女人正在說，為什麼非寫郵遞區號不可呢？

1. 因為會寄錯
2. 因為是國際上的規則
3. 因為送達時間會延遲
4. 因為是寄到國外的小包

答案：3

6番 MP3 20

女の人が、社員食堂で先輩と話しています。女の人は、どうしてプロポーズを断ったと言っていますか。

M：久しぶり。

F：あっ、岡本先輩！お久しぶりです。

M：元気だった？しばらく顔、見なかったけど。

F：ええ。いろいろあって、ちょっとお休みしてたんです。

M：結婚して退職しちゃったのかと思ったよ。

F：冗談はやめてくださいよ。誰が結婚なんか！

M：あれっ、井上くんとうまくいってないの？うわさで、もうすぐ結婚するんじゃないかって……。

F：プロポーズはされたんですけどね。

M：よかったじゃない。それで返事は？

F：断りましたよ。だって、「結婚してくれ。5年後に」って。

M：なんだ、それ。

F：ですよね。5年後って言ったら、私、４２歳ですよ。しわだらけじゃないですか。

M：ははっ、そんなことはないけど……。でも、なんで5年後なんだ？

F：今はまだ給料が少なくて、家も車も買えないからって。そんなの言い訳だと思いますけどね。まだ遊びたいんですよ、きっと。

M：その気持ち、分かるな～。

F：これだから男の人は……。

女の人は、どうしてプロポーズを断ったと言っていますか。

1. 自分はまだまだ遊びたいから
2. 相手は家も車も持ってないから
3. 相手の給料が少なすぎるから
4. 結婚は5年後と言われたから

女人在員工餐廳，正和前輩說話。女人正在說，為什麼拒絕求婚呢？

M：好久不見。

F：啊，岡本前輩！好久不見。

M：還好嗎？有一陣子，沒看到妳了呢。

F：是啊。發生了很多事情，所以稍微休息了一下。

M：還以為妳結婚離職了呢！

F：請別開玩笑啦！誰結婚啊！

M：咦～，妳和井上，進行得不順嗎？根據傳聞，不是快要結婚了嗎……。

F：雖然我被求婚了。

M：不是很好嗎！然後妳的回覆呢？

F：拒絕了啦！因為他說：「請跟我結婚。五年後。」

M：什麼啊，那個。

F：對啊！如果照他說的五年後，我，都四十二歲了耶！不是滿臉皺紋了嗎？

M：哈哈～，是不會那樣啦……。但是，為什麼是五年後呢？

F：他說因為現在薪水還很低，房子和車子都買不起。我覺得那都是藉口啦！還想玩啦，一定是！

M：那種心情，我懂哪～。

F：就是這樣，男人啊……。

女人正在說，為什麼拒絕求婚呢？

1. 因為自己還想玩
2. 因為對方沒有房子也沒有車子
3. 因為對方的薪水太少
4. 因為被說結婚要五年後

答案：4

聽解必考句型 2 MP3 21

1 くせに　明明……卻……

接在活用詞連體形或「名詞＋の」之後。表示轉折、逆接，指責對方的語氣較強。

・彼女は若くないくせに、女子高生みたいな服を着ている。
　她明明不年輕，卻穿著如高中女孩般的衣服。

・知らなかったくせに、知ったかぶりするなよ。
　明明不懂，就不要裝懂吧！

・あいつ、アメリカで生まれ育ったくせに、ぜんぜん英語が話せないんだよ。
　那傢伙，明明在美國出生長大，卻完全不會説英文耶。

2 せい　是……的緣故

表示導致某種不利的、消極的事態出現的原因。常以「……せいで」（因為……的緣故）、「……せいか」（是……的緣故吧）的形式出現。

・風邪をひいているせいか、何も食べたくないんだ。
　是感冒的緣故吧，什麼都不想吃。

・雨のせいで、野球の試合は延期になった。
　下雨的緣故，棒球比賽決定延期了。

・今年は気温が高いせいで、冬になっても雪が降りませんね。
　今年因為氣溫高的緣故，所以才會到了冬天還不下雪吧。

3 としたって　即使……也不……、即使想……也不……、即使是……也不……

是「……であると仮定しても」的口語省略表達。

・体が丈夫だとしたって、むりしちゃだめだよ。

即使身體健康，太拚也不行唷。

・あの事件のことは、忘れようとしたって忘れられないんだ。

那件事情，即使想忘記也忘不掉。

・働いてお金をためようとしたって、雇ってくれる会社がない。

即使想工作賺錢，也沒有願意僱用我的公司。

4 みたい　好像

可接在體言、ナ形容詞語幹、イ形容詞以及動詞終止形之後，用來表示比喻、舉例、不確定的斷定或推測。須視前後文才能決定意思。

・林さんの子、外国人みたいね。

林小姐的孩子，很像外國人耶。

・妹は体操の選手みたいに体が柔らかいんだよ。

妹妹的身體好像體操選手一樣那麼柔軟唷。

・誰も彼の本名を知らないみたいなんだ。

好像誰也不知道他的真名耶。

5 もちろん　不用說、當然、自不必說

副詞。漢字為「勿論」。

・もちろん行くよ。

當然去啊。

・お正月の間は、もちろん営業しませんよ。

過年期間，當然不營業喔。

・兄はスポーツ万能で、野球はもちろん、サッカーもゴルフもうまいんだ。

哥哥在運動上是萬能的，棒球不用說，足球或高爾夫球也都很棒。

6 っきり　……以後，就再也沒有……、僅僅……

副助詞。接在動詞、體言後面，表示限定。文言文為「きり」。

・子供は一人っきりで十分です。

孩子僅僅一個就夠了。

・坂口先生とは二十年前に学校で会ったっきりです。

和坂口老師僅僅二十年前在學校見過一面。

・ドイツ語は学生のときに習ったっきりですから、もうすっかり忘れちゃいましたよ。

德文在學生時期學過，之後就沒再碰過，已忘光光了唷。

7 に比べて　與……相比

把二個對照性的事物做對比，表示「與一方相反的另一方」的意思。「にひきかえ」（與……相反、與……不同）的口語説法。

・妹は姉に比べてとてもきれいだ。

妹妹與姊姊相比，非常漂亮。

・がんばり屋の兄に比べて、弟は怠け者だ。

與勤奮努力的哥哥相比，弟弟是懶惰的人。

・うちの子の成績は、隣のうちの健太くんに比べてかなり劣っている。

我家孩子的成績，與鄰居健太相比相當不好。

8 てっきり　以為一定是……、覺得肯定是……

用於事後説明，而且只能用於過去自己以為的情況。表示原本是根據某種情況或契機的推測，把某事信以為真，但實際上往往是與自己的想像或事實不符。

・てっきり不合格だと思った。

我以為一定沒有考上。

・てっきり二人は結婚するんだと思ってた。

我想他們倆肯定是要結婚。

・家がめちゃめちゃだったので、てっきり泥棒に入られたと思ったんです。

因為家裡變得亂七八糟，所以我覺得一定是被小偷闖進來。

聽解必背單字 2 MP3 22

食物篇

1 飲(の)み物(もの) / ドリンク 2 3 / 2 名 飲料

水(みず) 0 名 水

ミネラルウォーター 5 名 礦泉水

ジュース 1 名 果汁

オレンジジュース 5 名 柳橙汁

りんごジュース 4 名 蘋果汁

牛乳(ぎゅうにゅう) / ミルク 0 / 1 名 牛奶

パパイアミルク 5 名 木瓜牛奶

コーヒー 3 名 咖啡

お茶(ちゃ) 0 名 茶

緑茶(りょくちゃ) 0 名 綠茶

紅茶(こうちゃ) 0 名 紅茶

アイスティー 3 名 冰紅茶

レモンティー 3 2 名 檸檬茶

ミルクティー 2 名 奶茶

ソーダ 1 名 汽水

ホットココア 4 名 熱可可

豆乳(とうにゅう) 0 名 豆漿

ウーロン茶(ちゃ) 3 名 烏龍茶

コーラ 1 名 可樂

日本酒(にほんしゅ) 0 名 日本酒

梅酒(うめしゅ) 0 名 梅酒

ビール 1 名 啤酒

ワイン 1 名 葡萄酒

ウイスキー 2 名 威士忌

2 食材（しょくざい） 0 名 食材

肉（にく） 2 名 肉

牛肉（ぎゅうにく） / ビーフ 0 / 1 名 牛肉

豚肉（ぶたにく） / ポーク 0 / 1 名 豬肉

鶏肉（とりにく） / チキン 0 / 1 名 雞肉

ハム 1 名 火腿

魚（さかな） 0 名 魚

卵（たまご） / 玉子（たまご） 2 0 / 2 0 名 蛋

わかめ 1 名 海帶芽

昆布（こんぶ） 1 名 昆布

にんにく 0 名 大蒜

しょうが 0 名 薑

野菜（やさい） 0 名 蔬菜

キャベツ 1 名 高麗菜

白菜（はくさい） 3 0 名 大白菜

大根（だいこん） 0 名 白蘿蔔

にんじん 0 名 紅蘿蔔

きゅうり 1 名 小黃瓜

トマト 1 名 番茄

ピーマン 1 名 青椒

カリフラワー 4 名 花椰菜

ブロッコリー 2 名 綠花椰菜

パセリ 1 名 荷蘭芹

ほうれん草（そう） 3 名 菠菜

レタス 1 名 萵苣

セロリ 1 名 芹菜

かぼちゃ 0 名 南瓜

ごぼう 0 名 牛蒡

たけのこ 0 名 竹筍

じゃが芋（いも） 0 名 馬鈴薯

もやし 3 名 豆芽菜

オクラ 0 名 秋葵

しいたけ 1 名 香菇

えのき 3 名 金針菇

エリンギ 2 名 杏鮑菇

きくらげ 2 名 木耳

しめじ 0 名 鴻禧菇

茄子（なす） 1 名 茄子

ねぎ 1 名 蔥

玉（たま）ねぎ 3 0 名 洋蔥

にら 0 名 韭菜

果物（くだもの） 2 名 水果

りんご 0 名 蘋果

パイナップル 3 名 鳳梨

レモン 1 名 檸檬

バナナ 1 名 香蕉

スイカ 0 名 西瓜

マンゴー 1 名 芒果

パパイア 2 名 木瓜

いちご 0 1 名 草莓

ぶどう 2 名 葡萄

メロン 1 名 哈密瓜

パッションフルーツ 6 名 百香果

梨（なし） 0 名 梨子

柿（かき） 0 名 柿子

みかん 1 名 橘子

オレンジ 2 名 柳橙

桃（もも） 0 名 水蜜桃

さくらんぼ 0 名 櫻桃

3 料理（りょうり） 1 名 菜餚

寿司（すし） 2 1 名 壽司

ラーメン 1 名 拉麵

天ぷら（てん） 0 名 天婦羅

うな丼（どん） 0 名 鰻魚丼

とんかつ 0 名 炸豬排

カツ丼（どん） 0 名 炸豬排丼

親子丼（おやこどん） 0 名 親子丼

天丼（てんどん） 0 名 天丼

刺身（さしみ） 3 名 生魚片

うどん 0 名 烏龍麵

そば 1 名 蕎麥麵

カレーライス 4 名 咖哩飯

鰻の蒲焼き（うなぎ・かばや） 0 名 蒲燒鰻

焼肉（やきにく） 0 名 燒肉

すき焼き（や） 0 名 壽喜燒

おでん 2 名 關東煮

しゃぶしゃぶ 0 名 涮涮鍋

もつ鍋（なべ） 0 名 韭菜牛雜鍋

サラダ 1 名 沙拉

スパゲッティ 3 名 義大利麵

ハンバーガー 3 名 漢堡

ピザ 1 名 披薩

オムライス 3 名 蛋包飯

ハンバーグ 3 名 漢堡排

コロッケ 1 名 可樂餅

サンドイッチ 4 名 三明治

パエリア 2 名 西班牙海鮮飯

石焼きビビンバ（いしや） 6 名 石鍋拌飯

ショーロンポー 3 名 小籠包

チャーハン 1 名 炒飯

北京ダック（ペキン） 4 名 北京烤鴨

ヤムチャ 0 名 飲茶

春巻き（はるま） 0 名 春捲

パン 1 名 麵包

ご飯（はん） 1 名 白飯

ケーキ 1 名 蛋糕

アイスクリーム 5 名 冰淇淋

シュークリーム 4 名 泡芙

プリン 1 名 布丁

クレープ 2 名 可麗餅

ワッフル 1 名 鬆餅

和菓子（わがし） 2 名 和菓子（日式甜點）

4 味（あじ） 0 名 味道

おいしい 0 3 イ形 好吃的

まずい 2 イ形 難吃的

まあまあ 3 1 ナ形 還好、還可以、普通

甘い（あまい） 0 イ形 甜的

苦い（にがい） 2 イ形 苦的

辛い（からい） 2 イ形 辣的

しょっぱい 3 イ形 鹹的

すっぱい 3 イ形 酸的

渋い（しぶい） 2 イ形 澀的

薄い（うすい） 0 2 イ形 淡的

濃い（こい） 1 イ形 濃的

好み（このみ） 1 名 喜好

5 食器（しょっき） 0 名 餐具

皿（さら） 0 名 盤子

箸（はし） 1 名 筷子

鍋（なべ） 1 名 鍋子

茶碗（ちゃわん） 0 名 飯碗

湯飲み（ゆのみ） 3 名 茶杯

グラス 1 0 名 玻璃杯

容器（ようき） 1 名 容器

スプーン 2 名 湯匙

ナイフ 1 名 刀子

フォーク 1 名 叉子

6 台所（だいどころ） / キッチン 5 / 1 名 廚房

やかん 0 名 水壺

ポット 1 名 熱水瓶

炊飯器（すいはんき） 3 名 電鍋、電子鍋

しゃもじ 1 名 飯杓

冷蔵庫（れいぞうこ） 3 名 冰箱

エプロン 1 名 圍裙

換気扇（かんきせん） 0 名 抽油煙機

電子（でんし）レンジ 4 名 微波爐

オーブン 1 名 烤箱

お玉（たま） 2 名 杓子

フライパン 0 名 平底鍋

ガスコンロ 3 名 瓦斯爐

流（なが）し 3 名 水槽

調理台（ちょうりだい） 0 名 流理台

包丁（ほうちょう） 0 名 菜刀

まな板（いた） 0 3 名 砧板

ミキサー 1 名 果汁機

フライ返（がえ）し 4 名 鍋鏟

栓抜（せんぬ）き 3 名 開瓶器

アルミ箔（はく） 3 名 鋁箔紙

ラップ 1 0 名 保鮮膜

缶切（かんき）り 3 名 開罐器

7 調味料（ちょうみりょう） 3 名 調味料

砂糖（さとう） 2 名 砂糖

塩（しお） 2 名 鹽

酢（す） 1 名 醋

醤油（しょうゆ） 0 名 醬油

味噌（みそ） 1 名 味噌

味醂（みりん） 0 名 味醂

こしょう 2 名 胡椒

ケチャップ 2 名 番茄醬

チキンコンソメ 4 名 雞湯塊

カレー粉（こ） 0 名 咖哩粉

トウバンジャン 3 名 豆瓣醬

唐辛子（とうがらし） 3 名 辣椒

8 調理方法（ちょうりほうほう） 4 名 烹飪方式

切る（きる） 1 動 切

焼く（やく） 0 動 烤、煎

炒める（いためる） 3 動 炒

煮る（にる） 0 動 煮、燉、熬

蒸す（むす） 1 動 蒸

揚げる（あげる） 0 動 炸

沸かす（わかす） 0 動 燒開

冷ます（さます） 2 動 冷卻

冷やす（ひやす） 2 動 冰鎮

加熱する（かねつする） 0 動 加熱

強火（つよび） 0 名 大火

弱火（よわび） 0 名 小火

問題3「概要理解」

考試科目（時間）	題型			
	大題		內容	題數
聽解50分鐘	1	課題理解	聽取具體的資訊，選擇適當的答案，測驗是否理解接下來該做的動作	5
	2	重點理解	先提示問題，再聽取內容並選擇正確的答案，測驗是否能掌握對話的重點	6
	3	概要理解	測驗是否能從聽力題目中，理解說話者的意圖或主張	5
	4	即時應答	聽取單方提問或會話，選擇適當的回答	12
	5	統合理解	聽取較長的內容，測驗是否能比較、整合多項資訊，理解對話內容	4

問題 3 注意事項

❋「問題3」會考什麼？

測驗考生是否能從聽力題目中，理解説話者的意見或主張。在試題本上，「問題1」和「問題2」有文字選項可以閱讀，但「問題3」完全沒有，所以聆聽四個選項後，就必須從中找出正確答案。

❋「問題3」的考試形式？

由於問題只唸一次，而且選項中也沒有文字，所以只能用聆聽的方式選出答案。共有五個小題。答題方式為先聽説話者的想法、意見或主張，再從四個選項中找出答案。

❋「問題3」會怎麼問？ MP3 23

・教室で先生は何について話していますか。

教室裡老師就什麼事情正説著話呢？

・アナウンスで、婦人服は何割引だと言っていますか。

廣播中正在説仕女服是打幾折呢？

・図書館の係員は何について話していますか。

圖書館的辦事員就什麼事情正説著話呢？

問題 3 實戰練習

問題3

問題3では、問題用紙に何もいんさつされていません。この問題は、全体としてどんな内容かを聞く問題です。話の前に質問はありません。まず話を聞いてください。それから、質問とせんたくしを聞いて、1から4の中から、最もよいものを一つ選んでください。

— メモ —

1 番 MP3 24

2 番 MP3 25

3 番 MP3 26

4 番 MP3 27

5 番 MP3 28

問題 3 實戰練習解析

問題3

問題3では、問題用紙に何もいんさつされていません。この問題は、全体としてどんな内容かを聞く問題です。話の前に質問はありません。まず話を聞いてください。それから、質問とせんたくしを聞いて、1から4の中から、最もよいものを一つ選んでください。

問題3，試題紙上沒有印任何字。這個問題，是聽出整體是怎樣內容的問題。會話之前沒有提問。請先聽會話。接著，請聽提問和選項，然後從1到4裡面，選出一個最適當的答案。

（M：男性、男孩　F：女性、女孩）

1 番 MP3 24

会議室で部長が話しています。

M：来月から新しい部署ができることになって、イギリスと香港から30名近い社員が来ることになってるんだけど、みんな聞いてるよね。それでちょっと提案があるんだけど……。今まで喫煙ルームとこの部屋だけは喫煙を認めてたんだけど、いっそのことオフィス内を全面禁煙にしたらどうかなと……。喫煙の問題になると、いつも喫煙者の権利は無視されがちだとは思うんだけど、社長からも何度か言われててね。世界中が禁煙に向けてがんばってるときに、このままでいいのかって。何より、タバコは体によくないからね。私自身も昔はヘビースモーカーだったんだけど、配属された部署が禁煙だったおかげで、結局はやめられた経験を持ってるんで。それに、タバコを吸いに行ってる間、電話があったりして困るっていう苦情も聞くし……。

部長は、何について話していますか。

1. オフィス内の全面禁煙について
2. 喫煙ルームを減らすことについて
3. 海外では喫煙禁止だということについて
4. 社長が禁煙に成功したことについて

會議室裡部長正在說話。

M：從下個月開始成立新的部門，會從英國和香港過來將近三十名的員工，大家都聽說了吧。所以，有個提案……。截至目前為止，只有抽菸室和這間房間可以抽菸，但是我想倒不如就辦公室內全面禁菸如何……。一旦提到抽菸的問題，我認為抽菸者的權利總是容易被忽視，但是我也被社長說了好幾次了呢。他說，在世界各地都朝著禁菸而努力的時候，可以這樣一直下去嗎？因為再怎麼說，香菸對身體都不好啊。我自己本身以前也是菸不離手的人，但是託分發的部門禁菸的福，結果有了戒掉菸的經驗。而且，也有聽到去吸菸的時候，有電話進來很困擾這樣的怨言……。

部長，正就什麼說著話呢？

1. 就辦公室裡全面禁菸
2. 就減少吸菸室的事情
3. 就國外禁止抽菸這樣的事情
4. 就社長成功禁菸的事情

答案：1

2 番 MP3 25

テレビで女性アナウンサーが話しています。

F：最近、モヤシが注目されているそうです。総務庁の家計調査によりますと、2009年の世帯当たり消費支出は2年続けて落ち込みました。ところが不景気で収入が減り、誰もが食費を削る中で、モヤシへの出費だけは2007年の夏ごろからずっと、前年同期を上回っているそうです。確かに、モヤシはシャキシャキとしていて、栄養価も高いので、好きな人は多いと思います。でも人気の1番の理由は、何よりその安さにあるのではないでしょうか。とはいっても、朝昼晩とモヤシを食べるわけにはいきませんよね。焼きそばの具として使うとか、野菜炒めに入れるとか、そのくらいの食べ方しか知らない方も多いのではないでしょうか。でも、じつはいろいろな食べ方ができるそうです。というわけで、今日はモヤシ料理の達人をお招きして、おいしいモヤシの食べ方を教えていただくことにします。

アナウンサーは何について話していますか。

1. モヤシの出費量減少について
2. モヤシの栄養価と値段の高さについて
3. 外国でのモヤシの食べ方について
4. モヤシの人気と料理法の多さについて

電視裡，女主播正在說話。

F：最近，據說豆芽菜正受到矚目。根據總務省的家計調查，二〇〇九年每一同居家庭的消費支出，連續二年下滑。然而在因為不景氣收入降低、不管是誰都在減少伙食費當中，據說只有花費在豆芽菜的費用，從二〇〇七年夏天左右開始，遠遠超過前年的同一期。的確，由於豆芽菜清清脆脆的，營養價值也高，所以喜歡的人很多。但是最受歡迎的理由，比起其他，難道不是因為它的價格便宜嗎？但是儘管如此，也不能早中晚都吃豆芽菜吧！當成炒麵的配料來使用、或者是放進炒蔬菜裡面，只知道那些吃法的人應該很多吧！但是其實，聽說好像有各式各樣的吃法。就是這個原因，今天我們決定邀請豆芽菜料理達人，請他來教大家美味的豆芽菜的吃法。

主播正就什麼說著話呢？

1. 就豆芽菜的支出量減少
2. 就豆芽菜的營養價值和價格高低
3. 就國外豆芽菜的吃法
4. 就豆芽菜的人氣和料理方法之多

答案：4

3番 MP3 26

日本語スピーチ大会で、あるアメリカ人学生が話しています。

M：私のテーマは、『ノーと言わないあいまいな日本人』です。来日して6年目になりますが、日本人は自分の感想や意見をはっきり示さないので、どうしていいのか分からないことがよくあります。私の国アメリカでは、誰もがイエスかノーか、または、大丈夫なのか駄目なのか、うれしいのか悲しいのか、意思表示をはっきりします。日本人のように、直接的な対立をなるべく避けようとして、はっきりとは断らないなどということは絶対にありません。特に私が困るのは、「～じゃないでしょうか」とか「ちょっと……」とか言われたときです。こんなときは表情を見たり、話の流れから推測するしかないのですが、日本人は無表情の人が多いので、本当に困ってしまいます。

この留学生は何について話していますか。

1. 日本人のあいまいさ
2. 日本人の意思表示のうまさ
3. 日本人の礼儀正しさ
4. 日本人の性格の暗さ

在日文演講大賽裡，某位美國人的學生正在說話。

M：我的題目是「不說NO的曖昧的日本人」。雖然我來日本即將進入第六年，但由於日本人不明確表達自己的感想或意見，所以常常有不知如何是好的事。在我的國家美國，不管是誰，對YES或NO，以及可以或不可以、開心或難過，都會明白表達意思。絕對不會有像日本人這樣，盡可能避免直接的對立、不明確的拒絕等等這樣的事。我尤其感到困擾的，是被說到「不是～嗎？」或是「有點……」之類的時候。在這種時候，只能看表情、或是話語的前後內容來推測，因為日本人沒有表情的人很多，所以真的很困擾。

這位留學生就什麼正說著話呢？

1. 日本人的曖昧
2. 日本人表達意思的高明
3. 日本人禮儀的端正
4. 日本人的性格的灰暗

答案：1

4番 MP3 27

明日退職を迎える中学校の先生が話しています。

F：今ふり返ってみると、本当にいろいろなことがありました。でも思い出すのは、子供達の可愛い顔と楽しかったことばかりですね。若かったときは、どうしていいのか悩んでばかりでした。授業中うるさい子に注意しても無視されて、チョークを投げつけたり……イヤホンで音楽を聴いてる子がいて注意すると、「誰にも迷惑かけてないだろ」って言われて、何も言えなくなってしまったり……。でも、だんだん分かってくるんです。いくら感情をぶつけても、他人はコントロールできないんだってことが。子供は本気になって向き合えば、応えてくれるんですよね。「あなたのこと、いつも見てるよ」って、そうやってつきあっていくうちに、「先生、おつかれ～」って声かけてくれる子も出てきたりしてね。子供は嘘には敏感ですから。

先生は、子供とどうやってつきあうことが大事だと言っていますか。

1. 人前で注意しないよう気をつけること
2. 嘘をつかず本気になって向き合うこと
3. 音楽をいっしょに聴くなど分かち合うこと
4. 子供が何をしても絶対に怒らないこと

明天就要退休的中學老師正在說話。

F：現在回頭一看，真的發生了好多好多事。但是想起來的，都是孩子們可愛的容顏和快樂的事情而已呢。年輕的時候，一直煩惱該怎麼樣比較好。上課的時候，勸告吵鬧的孩子也沒人理，就丟粉筆……，有孩子用耳機聽音樂，勸告他們卻被嗆「我又沒有打擾到誰不是嗎！」，真是什麼話都說不出來了……。但是，我漸漸懂了。那就是再怎麼發洩情感，也無法控制別人。如果能夠真心地面對孩子的話，也會得到回應吧！在我「我一直看著你喔！」這樣地和他們相處之下，也出現了會用「老師，辛苦囉～」這樣的方式和我打招呼的孩子了。因為孩子對謊言是很敏感的。

老師正在說，如何和孩子相處，是最重要的呢？

1. 小心不在大家面前勸告他們
2. 不說謊、真心地面對他們
3. 一起聽音樂等等分享彼此
4. 不管孩子做什麼，也絕對不生氣

答案：2

5番 MP3 28

日本語学校の先生が話しています。

F：今日は、日本人の「すみません」という言葉についてお話します。この言葉にはいろいろな意味があること、みなさん、知ってますか。まずは、呼びかけるときの「すみません」、それから謝るときの「すみません」、そしてお礼を言うときの「すみません」です。ちょっと2人の会話をしてみますね。

A：すみません。

B：今、ちょっと忙しいんだけど……。

A：すみません。でも、どうしても見てもらいたいレポートがあるんです。

B：しょうがないな。どれ？

A：すみません。

聞き分けられましたか。これらは、わざわざお礼を言ったり、謝ったりするほどではないけれど、何も言わないのはちょっと、というような状況で使うんですね。そうすると、とても日本語らしくなります。みなさんも上手に使ってみてください。

「すみません」には何種類の意味がありますか。

1. 2種類
2. 3種類
3. 4種類
4. 5種類

日本語學校的老師正在說話。

F：今天，想談談日本人的「すみません」這個語彙。這個語彙有各式各樣的意思，大家，知道嗎？首先，是叫對方時的「すみません（不好意思）」，然後是道歉時的「すみません（對不起）」，還有致謝時的「すみません（謝謝您）」。稍微試著拿來做二個人的對話吧！

A：不好意思。

B：現在，有點忙……。

A：對不起。但是，有無論如何都想請你看的報告。

B：真拿你沒辦法哪。哪個？

A：謝謝您。

聽辨得出來嗎？這些，雖然還不到是刻意的致謝、或者是道歉，但是會用在什麼都不說的話會有一點……這樣的情況下呢。如此一來，就變得非常有日文的感覺。請大家也巧妙地運用看看。

「すみません」裡面，含有幾種意思呢？

1. 二種
2. 三種
3. 四種
4. 五種

答案：2

聽解必考句型 3 MP3 29

1 それとも　或者、還是

接續詞。表示選擇。意思與「あるいは」、「もしくは」相近。

・電車で行きますか、それともタクシーで行きますか。

是搭電車去，還是搭計程車去呢？

・会社員になるか、それとも先生になるか、まだ迷ってるんです。

是當上班族，還是當老師，我還在猶豫中。

・ビールを飲みますか、それとも日本酒を飲みますか。

要喝啤酒，還是喝日本酒呢？

2 たまらない　……不堪、非常……、……得不得了

動詞「たまる」的否定形。可接在用言的「て」連用形後，前接表示感情或感覺的用語，表示無法抑制某種情感。類似的表達有「てしようがない」、「てしょうがない」、「てしかたがない」。

・もう五年も国へ帰ってないから、家族に会いたくてたまらない。

因為我已經五年沒有回國，非常想見到家人。

・朝から何も食べてないから、おなかが空いてたまらない。

因為從早上就什麼都沒吃，肚子餓得不得了。

・合格すると思ってなかったから、うれしくてたまらない。

因為沒想到會考上，所以高興得不得了。

3 つい　剛剛、就在

副詞。有上面二種意思，須看前後文來判斷到底是哪種意思。

・父はつい今しがた出かけたところですよ。

父親剛剛才出門了喔。

・すみません。つい忘れてしまったんです。

抱歉。無意中就忘了。

・そのことなら、つい昨日のことのようによく覚えています。

至於那件事，就如同昨天的事一樣記得很清楚。

4 っこない　根本不……、絕不……

為接尾詞「こ」的否定形。主要用於會話中，可以接在動詞連用形之後，強調事情不可能發生。

・そんな難しい問題、彼女になんてできっこないよ。

那麼難的問題，她絕對不會吧。

・先生に、台湾大学なんて受かりっこないと言われた。

被老師説：「根本不可能考上台灣大學。」

・あの人は、何度頼んだって助けてくれっこないよ。

那個人，不管求幾次也絕對不會幫我們的啦！

5 なくもない　並非不……、也不是不……

可接在動詞未然形之後，表示「並非完全這樣」，類似的表達有「……ないことはない」。

・日本語は上達したと言えなくもない。

日文也不是不能說進步了。

・彼の性格を考えると、理解できなくもない。

一旦考慮到他的個性，也並非不能理解。

・そういった可能性も、まったくなくもない。

那種可能性，也並非完全沒有。

6 なんか　……之類的、哪會……

副助詞。可接在體言之後，主要有上面二種意思。

・これから、いっしょにコーヒーなんかどうですか。

接著，一起喝咖啡之類的如何呢？

・お酒はワインなんかが好きで、よく飲みます。

酒的話喜歡葡萄酒之類的，經常會喝。

・俺があれだけがんばってもできなかったんだから、お前なんかにできるもんか。

我那麼努力都沒有辦法了，你這種人哪能辦到呢。

7 に応(おう)じて　根據……、按照……

表示「根據前項情況的變化或多樣性，後項做相對的回應」。

・業績(ぎょうせき)に応(おう)じて報酬(ほうしゅう)をもらっている。

按照業績拿報酬。

・物価(ぶっか)の変動(へんどう)に応(おう)じて、給料(きゅうりょう)もあげてほしい。

希望根據物價的浮動情況來提高薪資。

・本(ほん)の売(う)れ行(ゆ)きに応(おう)じて、印刷量(いんさつりょう)を調整(ちょうせい)している。

根據書的銷售情況來調整印刷量。

8 どうりで　怪不得、當然

表示得知有關現狀的確實理由，多用於心悅誠服的場合，有「原來如此」、「應該是這樣」的感覺。

・どうりで英語(えいご)が上手(じょうず)なわけだ。

怪不得英文會這麼厲害。

・F：彼女(かのじょ)の親(おや)、大学(だいがく)の教授(きょうじゅ)なんだって。

M：どうりで頭(あたま)がいいはずだ。

F：聽說她的父母是大學的教授唷。

M：難怪她頭腦好。

・F：岡本先生(おかもとせんせい)、病気(びょうき)で入院(にゅういん)してるんだって。

M：そうなんだ。どうりで最近(さいきん)見(み)ないはずだね。

F：聽說岡本老師因為生病住院了。

M：是喔。難怪最近沒看到他呢。

聽解必背單字 3 MP3 30

自然篇

1 地球（ちきゅう） 0 名 地球

太陽（たいよう） 1 名 太陽

朝日（あさひ） 1 名 朝陽

夕日（ゆうひ） 0 名 夕陽

宇宙（うちゅう） 1 名 宇宙

星（ほし） 0 名 星星

月（つき） 2 名 月亮

朝（あさ） 1 名 早上

昼（ひる） 2 名 白天

夜（よる） 1 名 晚上

夕方（ゆうがた） 0 名 傍晚

明け方（あけがた） 0 名 黎明、拂曉

深夜（しんや） 1 名 深夜

北極（ほっきょく） 0 名 北極

南極（なんきょく） 0 名 南極

大陸（たいりく） 0 名 大陸

砂漠（さばく） 0 名 沙漠

熱帯雨林（ねったいうりん） 5 名 熱帶雨林

2 天然（てんねん） 0 名 天然

鉄（てつ） 0 名 鐵

金（きん） 1 名 金

銀（ぎん） 1 名 銀

銅（どう） 1 名 銅

鉱物（こうぶつ） 1 名 礦物

宝石（ほうせき） 0 名 寶石

金属（きんぞく） 1 名 金屬

温泉（おんせん） 0 名 溫泉

資源（しげん） 1 名 資源

石油（せきゆ） 0 名 石油

石炭（せきたん） 3 名 煤炭

岩（いわ） 2 名 岩石

石（いし） 2 名 石頭

土（つち） 2 名 土壤

砂（すな） 2 名 沙

火山（かざん） 1 名 火山

緑（みどり） 1 名 綠色

森（もり） 0 名 森林

林（はやし） 3 名 樹林

森林（しんりん） 0 名 森林

川（かわ） 2 名 河

湖（みずうみ） 2 名 湖

霧（きり） 0 名 霧

泉（いずみ） 0 名 泉水

池（いけ） 2 名 池

谷（たに） 2 名 山谷

木（き） 1 名 樹

湾（わん） 0 名 灣

海岸（かいがん） 0 名 海岸

海洋（かいよう） 0 名 海洋

島（しま） 2 名 島

列島（れっとう） 0 名 列島

半島（はんとう） 0 名 半島

3 天気（てんき） 1 名 天氣

空気（くうき） 1 名 空氣

気圧（きあつ） 0 名 氣壓

気象（きしょう） 0 名 氣象

気候（きこう） 0 名 氣候

天候（てんこう） 0 名 天候

空（そら） 1 名 天空

暖（あたた）かい 4 イ形 暖和的

晴（は）れる 2 動 放晴

晴（は）れ 2 名 晴天

曇（くも）る 2 動 （天）陰

曇（くも）り 3 名 陰天

雲（くも） 1 名 雲

乾（かわ）く 2 動 乾

乾燥（かんそう） 0 名 乾燥

湿（しめ）る 0 動 濕

湿気（しっけ） 0 名 濕氣

雨（あめ） 1 名 雨

降（ふ）る 1 動 下（雨、雪）

梅雨（つゆ） 0 2 名 梅雨

大雨（おおあめ） 3 0 名 大雨

小雨（こさめ） 0 名 小雨

台風（たいふう） 3 名 颱風

風（かぜ） 0 名 風

吹（ふ）く 1 動 吹

雷（かみなり） 4 3 名 雷

鳴（な）る 0 動 鳴、響

雪（ゆき） 2 名 雪

積（つ）もる 2 動 堆積

波（なみ） 2 名 波浪

荒（あ）れる 0 動（天候）不穩定、（風雨）狂暴、（波濤）洶湧

涼（すず）しい 3 イ形 涼的

寒（さむ）い 2 イ形 冷的

暑（あつ）い 2 イ形 熱的

冷（つめ）たい 0 イ形 冰的、冷淡的

氷（こおり） 0 名 冰

凍（こお）る 0 動 結冰

4 光(ひかり) 3 名 光

日光(にっこう) 1 名 日光

光線(こうせん) 0 名 光線

差(さ)す 1 動 照射

日差(ひざ)し 0 名 陽光照射

輝(かがや)く 3 動 閃耀

光(ひか)る 2 動 發光

日陰(ひかげ) 0 名 背陽處

陰(かげ) 1 名 背光處

暗(くら)い 0 イ形 暗的、黑的、陰鬱的、不鮮豔的

暗闇(くらやみ) 0 名 黑暗

明(あか)るい 0 イ形 明亮的、開朗的

照(て)る 1 動 照耀

影(かげ) 1 名 影子

科学(かがく) 1 名 科學

人工(じんこう) 0 名 人工

開発(かいはつ) 0 名 開發

エネルギー 3 名 能量

電気(でんき) 1 名 電氣、電力

発明(はつめい) 0 名 發明

5 生物（せいぶつ） 1 名 生物

生き物（いきもの） 2 3 名 生物

動物（どうぶつ） 0 名 動物

人間（にんげん） 0 名 人、人類

生命（せいめい） 1 名 生命

命（いのち） 1 名 命

死（し） 1 名 死

病気（びょうき） 0 名 疾病

鳥（とり） 0 名 鳥

魚（さかな） 0 名 魚

虫（むし） 0 名 蟲子

昆虫（こんちゅう） 0 名 昆蟲

貝（かい） 1 名 貝

人類（じんるい） 1 名 人類

植物（しょくぶつ） 2 名 植物

植える（うえる） 0 動 種植

花（はな） 2 名 花

草（くさ） 2 名 草

葉（は） / 葉っぱ（はっぱ） 1 / 0 名 葉子

茎（くき） 2 名 莖、梗、幹

根（ね） / 根っこ（ねっこ） 1 / 3 名 根

種（たね） 1 名 種子

果実（かじつ） / 実（み） 1 / 0 名 果實

枯れる（かれる） 0 動 枯萎、凋謝

生まれる（うまれる） 0 動 出生

生える（はえる） 2 動 長

死ぬ（しぬ） 0 動 死

6 災害（さいがい） 0 名 災害

被害（ひがい） 1 名 受害

被害者（ひがいしゃ） 2 名 受害者

被災（ひさい） 0 名 受災害

被災者（ひさいしゃ） 2 名 受災者

火災（かさい） / 火事（かじ） 0 / 1 名 火災

煙（けむり） 0 名 煙

火（ひ） 1 名 火

炎（ほのお） 1 名 火焰

燃える（もえる） 0 動 燃燒

熱い（あつい） 2 イ形 熱的

爆発（ばくはつ） 0 名 爆發

噴火（ふんか） 0 名 噴火

環境（かんきょう） 0 名 環境

破壊（はかい） 0 名 破壞

保護（ほご） 1 名 保護

深刻（しんこく） 0 名 嚴重

守る（まもる） 2 動 維護

温暖化（おんだんか） 0 名 暖化

オゾン層（そう） 2 名 臭氧層

酸性雨（さんせいう） 3 名 酸雨

防ぐ（ふせぐ） 2 動 防止

二酸化炭素（にさんかたんそ） 5 名 二氧化碳

廃棄物（はいきぶつ） 3 名 廢棄物

排気ガス（はいき） 4 名 廢氣

異常（いじょう） 0 名 異常

影響（えいきょう） 0 名 影響

汚染（おせん） 0 名 污染

汚い（きたない） 3 イ形 髒的

汚す（よごす） 0 動 弄髒

汚れる（よごれる） 0 動 弄髒

濁る（にごる） 2 動 混濁、汙濁

工場（こうじょう） 3 名 工廠

公害（こうがい） 0 名 公害

有害（ゆうがい） 0 名 有害

洪水（こうずい） 0 名 洪水

地震（じしん） 0 名 地震

震度（しんど） 1 名 震級

マグニチュード 1 名 地震規模

津波（つなみ） 0 名 海嘯

7 海（うみ） 1 名 海

- 海辺（うみべ） 0 名 海邊
- 波（なみ） 2 名 波浪
- 泳ぐ（およぐ） 2 動 游泳
- 溺れる（おぼれる） 0 動 溺水
- 水着（みずぎ） 0 名 泳衣
- ビキニ 1 名 比基尼
- 浮き輪（うきわ） 0 名 游泳圈
- ビーチパラソル 4 名 海灘傘
- サンスクリーン / 日焼け止め（ひやけどめ） 5 / 0 名 防曬乳（油）
- サングラス 3 名 太陽眼鏡
- ビーチサンダル 4 名 海灘拖鞋
- サーフィン 1 名 衝浪
- サーフボード 4 名 衝浪板
- 水中眼鏡（すいちゅうめがね） 5 名 蛙鏡
- 砂浜（すなはま） 0 名 沙灘
- タオル 1 名 毛巾

8 山（やま） 2 名 山

- 登る（のぼる） 0 動 登（山）
- 下りる（おりる） 2 動 下（山）
- 山登り（やまのぼり） 3 名 登山
- 登山（とざん） 1 名 登山
- 登山靴（とざんぐつ） 2 名 登山鞋
- 雪山（ゆきやま） 0 名 雪山
- 水筒（すいとう） 0 名 水壺
- テント 1 名 帳篷
- キャンプ 1 名 露營
- キャンプファイアー 4 名 營火
- 寝袋（ねぶくろ） 2 名 睡袋
- 地図（ちず） 1 名 地圖
- リュックサック 4 名 背包
- 防虫スプレー（ぼうちゅう） 6 名 防蟲噴霧
- マッチ 1 名 火柴
- ライター 1 名 打火機
- 懐中電灯（かいちゅうでんとう） 5 名 手電筒

問題4「即時應答」

考試科目（時間）	題型			
	大題		內容	題數
聽解50分鐘	1	課題理解	聽取具體的資訊，選擇適當的答案，測驗是否理解接下來該做的動作	5
	2	重點理解	先提示問題，再聽取內容並選擇正確的答案，測驗是否能掌握對話的重點	6
	3	概要理解	測驗是否能從聽力題目中，理解說話者的意圖或主張	5
	4	即時應答	聽取單方提問或會話，選擇適當的回答	12
	5	統合理解	聽取較長的內容，測驗是否能比較、整合多項資訊，理解對話內容	4

問題 4 注意事項

✽「問題4」會考什麼？

聽取單方提問或會話，選擇適當的回答。這是之前舊日檢考試中沒有出現過的新型態考題。考生必須依照場合與狀況，判斷要選擇哪個句子才適當。

✽「問題4」的考試形式？

試題本上沒有印任何字，而且提問與選項都很短，所以只能專心聆聽。共有十二個小題。答題方式為先聽一句簡單的話，接著聽三個回答選項，然後從中選出一個最適當的答案。

✽「問題4」會怎麼問？ MP3 31

・F：新宿までの切符を二枚お願いします。

M：1. もうすぐですね。

2. すみませんでした。

3. かしこまりました。

F：麻煩到新宿的車票二張。

M：1. 就快了對不對。

2. 對不起。

3. 知道了。

・F：勇次、食べかけでゲームをしちゃだめよ。

M：1. だって食べきれないんだもん。

2. だっておいしかったんだもん。

3. だって量が少ないんだもん。

F：勇次，吃到一半不可以玩電玩喔！

M：1. 就吃不完啊！

2. 就很好吃啊！

3. 就量很少啊！

問題 4 實戰練習

問題4

問題4では、問題用紙に何もいんさつされていません。まず文を聞いてください。それから、それに対する返事を聞いて、1から3の中から、最も よいものを一つ選んでください。

— メモ —

1 番 MP3 32

2 番 MP3 33

3 番 MP3 34

4 番 MP3 35

5 番 MP3 36

6 番(ばん) MP3 37

7 番(ばん) MP3 38

8 番(ばん) MP3 39

9 番(ばん) MP3 40

10 番(ばん) MP3 41

11 番(ばん) MP3 42

12 番(ばん) MP3 43

問題 4 實戰練習解析

問題4

問題4では、問題用紙に何もいんさつされていません。まず文を聞いてください。それから、それに対する返事を聞いて、1から3の中から、最も良いものを一つ選んでください。

問題4，試題紙上沒有印任何字。首先請先聽句子。接著，請聽它的回答，然後從1到3裡面，選出一個最適當的答案。

（M：男性、男孩　F：女性、女孩）

1番 MP3 32

F：得意なスポーツは何ですか。

M：1. コンピューターが得意です。

2. テニスが好きでよくしますよ。

3. 最近、足腰が痛くて困ります。

F：拿手的運動是什麼呢？

M：1. 電腦很厲害。

2. 因為喜歡網球，所以常打喔！

3. 最近，腿和腰很痛，傷腦筋。

答案：2

2番 MP3 33

M：今日、何曜日だっけ。

F ：1. 金曜日じゃないですよ。

2. たしか金曜日ですよ。

3. 金曜日にしましょうか。

M：今天，星期幾啊？

F ：1. 不是星期五喔！

2. 應該是星期五吧！

3. 就決定星期五吧！

答案：2

3番 MP3 34

F ：初めまして、どうぞよろしくお願いします。

M：1. いつもご丁寧にありがとうございます。

2. こちらこそ、どうぞよろしく。

3. 君のことは何でもよく知ってるよ。

F ：初次見面，請多多指教。

M：1. 謝謝您，總是這麼體貼。

2. 我才是，請多多指教。

3. 你的事情，我什麼都很清楚喔！

答案：2

4 番 MP3 35

M：将来は田舎でのんびり暮らすつもりなんだ。

F：1. それはいいですね。

2. それはむりなお願いですね。

3. そんなことだったんですか。

M：將來打算在鄉下悠閒地過日子。

F：1. 那很好呢。

2. 那是不可能的請求呢。

3. 是那種事情喔？

答案：1

5 番 MP3 36

F：私が結婚できるなんて、夢みたい！

M：1. 神様に感謝しなくちゃね。

2. もちろん夢ですよ。

3. とんでもない話ですね。

F：我能夠結婚，真像夢一樣！

M：1. 不感謝神不行呢。

2. 當然是夢啊！

3. 真是豈有此理呢！

答案：1

6番 MP3 37

F：ダイエット中なので、けっこうです。

M：1. わかわかしいですね。

2. そんなにスマートなのに。

3. つまらない冗談はやめてください。

F：因為在減肥中，所以不用。

M：1. 看起來很年輕呢。

2. 明明就那麼苗條。

3. 請不要開無聊的玩笑。

答案：2

7番 MP3 38

M：あの結末はちょっと意外だったね。

F：1. つい夢中になっちゃったの。

2. 今までにない手法だよね。

3. だから彼女は自殺したのよ。

M：那結局有點意外呢。

F：1. 不知不覺就著迷了。

2. 是之前從未有的手法呢。

3. 所以她自殺了啊！

答案：2

8番(ばん) MP3 39

F：このデータ、今日中(きょうじゅう)に入力(にゅうりょく)しておいてね。

M：1. うっかりデータを消(け)しちゃいました。

2. 時間(じかん)はたっぷりありましたからね。

3. コンピューターの調子(ちょうし)が変(へん)なんですが……。

F：這份資料，要今天之內打好喔！

M：1. 一不小心消掉資料了。

2. 因為之前時間很多呢。

3. 電腦的狀況有點怪……。

答案：3

9番(ばん) MP3 40

M：家(いえ)を出(で)たとたん雨(あめ)に降(ふ)られて困(こま)りましたよ。

F：1. ぬれませんでしたか。

2. コンビニで傘(かさ)を買(か)いましょうか。

3. 天気予報(てんきよほう)はよく当(あ)たりますか。

M：一出門就下雨，傷腦筋啊！

F：1. 沒淋濕嗎？

2. 在便利商店買雨傘吧！

3. 天氣預報很準嗎？

答案：1

10番 MP3 41

F：このドレス、すごく気に入ってるの。

M：1. ドキドキしますね。

2. くれぐれも気をつけてください。

3. とても似合ってますよ。

F：這件洋裝，好喜歡喔！

M：1. 好緊張喔！

2. 請多小心。

3. 非常適合妳喔！

答案：3

11番 MP3 42

F：このシリーズは全部読みましたか。

M：1. ええ、その作家の大ファンですから。

2. ええ、何でもいいんですよ。

3. ええ、それなら買ってみます。

F：這個系列全都看過了嗎？

M：1. 是的，因為我是那位作家的超級粉絲。

2. 是的，什麼都可以喔！

3. 是的，那麼就買買看。

答案：1

12番 MP3 43

F：顔色が悪いですけど、大丈夫ですか。

M：1. じゃ、今晩飲みに行きましょうか。

2. ちょっと風邪気味なんです。

3. あなたのせいじゃないですよ。

F：你的臉色不好，沒問題嗎？

M：1. 那麼，今晚去喝一杯吧！

2. 有點感冒的感覺。

3. 不是你害的啦！

答案：2

聽解必考句型 4 MP3 44

1 ってことは　也就是說

「ということは」的省略形式。表示前面說的事情之具體事實。

・ってことは、もうあきらめちゃったってことですよね。

也就是說，已經放棄了喔？

・ってことは、来年、結婚するってこと。

也就是說，明年，你要結婚？

・ってことは、事業に失敗したってことですか。

也就是說，事業失敗了嗎？

2 せいぜい　頂多、儘量、盡情、就只有

表示「雖有限度，但盡其最大範圍」的意思。常以「せいぜい……くらい」的形式出現。

・会社が忙しいので、正月でもせいぜい二日間しか休めません。

因為公司很忙，過年頂多也只能休息二天而已。

・たいしたおもてなしもできませんが、せいぜいたくさん食べていってください。

雖然沒什麼好招待的，但請盡情地吃吧。

・給料が安いので、一人で暮らすのがせいぜいなんです。

因為薪水很少，頂多夠一個人生活。

3 んだって　聽說……

表示從別人那裡聽到某種訊息。不分男女，皆可用於日常生活的輕鬆會話裡。「んですって」的形式主要見於女性。

・青木（あおき）さん、来月結婚（らいげつけっこん）するんだって。

據說青木先生，下個月要結婚。

・お母（かあ）さん、今晩出（こんばんで）かけるんだって。

聽說媽媽今晚要外出。

・昨日（きのう）のコンサートにはお客（きゃく）さんが二万人（にまんにん）も来（き）たんだって。

據說昨天的演唱會來了有二萬名客人。

4 ったらない　沒有比……更……、太……

「といったらない」的口語說法。表示某事物的程度是最高的、無法形容的。

・くだらないったらない。

簡直無聊透了。

・アメリカの大学（だいがく）に合格（ごうかく）したときの感激（かんげき）ったらない。

考上美國的大學時激動得不得了。

・一人（ひとり）だけになったときの寂（さび）しさったらない。

沒有比變成一個人更寂寞的事了。

5 こそ　正是……、才是……

強調某個事物，表示「不是別的，……才是」的意思。

・M：すみませんでした。

F：いいえ、こちらこそすみませんでした。

M：不好意思。

F：不，我才是不好意思。

・そうか、あきらめないでがんばることにしたのか。それでこそ、私の息子だ。

是喔，你決定不放棄要加油了啊。這才像是我兒子嘛。

・今年こそ『紅楼夢』を全部読み終えるぞ！

今年一定要把《紅樓夢》全部都讀完！

6 っぽい　像……

接在名詞或動詞之後，表示有這種傾向或感覺的意思，形成一個新的形容詞。

・その人は黒っぽい服を着ていました。

那個人穿了一件帶黑的衣服。

・四十にもなってそんなことで泣くなんて、子供っぽいね。

都四十歲了，還為那種小事哭，太孩子氣了。

・父は最近忘れっぽくて、昨日も財布をどこかに置いてきてしまった。

父親最近很健忘，昨天也不知道把錢包放在哪裡就回來了。

7 それそも　說到底、還不是

表示責難的語氣，有「導致這種情況的還不是因為對方」的感覺。

・そもそも自分のミスでこうなったんだろう。

還不是你自己的失誤才會變成這樣的嘛。

・そもそもダイエットしろなんて言うから、ストレスで太っちゃったのよ。

還不是因為你叫我減肥，所以有壓力才會變胖的啊。

・そもそもこんなに不景気なのは、政治家のせいだ。

這麼的不景氣，還不都是政治人物害的。

8 いっそ　乾脆、倒不如

表示「要想解決這問題，就必須有大膽的轉換」等等心理準備。也有「いっそのこと」這種慣用說法。

・こんなにつらいなら、いっそ死んだほうがいい。

與其這麼痛苦，倒不如死比較好。

・今の仕事はストレスだらけだから、いっそ転職してしまおうか。

因為現在的工作滿滿都是壓力，乾脆換個工作算了。

・修理代がこんなにかかるのなら、いっそ新しいのを買ったほうがいい。

修理費要花這麼多的話，倒不如買新的比較好。

聽解必背單字 4 MP3 45

生活篇

1 自宅（じたく） 0 名 自己家

起きる（おきる） 2 動 起床

目覚まし時計（めざましどけい） 5 名 鬧鐘

洗う（あらう） 0 動 洗

化粧（けしょう） 2 名 化妝

食べる（たべる） 2 動 吃

飲む（のむ） 1 動 喝

朝ご飯（あさごはん） 3 名 早餐

昼ご飯（ひるごはん） 3 名 午餐

夕ご飯（ゆうごはん） 3 名 晚餐

支度（したく） 0 名 準備

電気（でんき） 1 名 電氣、電力

スイッチ 2 名 開關

つける 2 動 開（電器用品、火）

消す（けす） 0 動 關（電器用品、火）

新聞（しんぶん） 0 名 報紙

読む（よむ） 1 動 看、閱讀

傘（かさ） 1 名 傘

忘れ物（わすれもの） 0 名 遺忘的東西

ニュース 1 名 新聞

インターネット 5 名 網際網路

メール 0 1 名 電子郵件

夢（ゆめ） 2 名 夢

歯磨き（はみがき） 2 名 刷牙

トイレ 1 名 廁所

出かける（でかける） 0 動 出門

靴（くつ） 2 名 鞋子

玄関（げんかん） 1 名 玄關

車（くるま） 0 名 車

自転車（じてんしゃ） 0 2 名 腳踏車

2 家事（かじ） 1 名 家務

料理（りょうり） 1 名 料理

洗濯（せんたく） 0 名 洗衣服

脱水（だっすい） 0 名 脱水

干（ほ）す 1 動 曬

乾燥（かんそう） 0 名 乾燥

掃除（そうじ） 0 名 掃除、打掃

ごみ 2 名 垃圾

ごみ袋（ぶくろ） 3 名 垃圾袋

ほこり 0 名 灰塵

捨（す）てる 0 動 扔、丟

赤（あか）ちゃん 1 名 嬰兒

世話（せわ） 2 名 照顧

育（そだ）てる 3 動 養育

ミルク 1 名 牛奶

餌（えさ） 2 名 飼料

ペット 1 名 寵物

猫（ねこ） 1 名 貓

犬（いぬ） 2 名 狗

鳥（とり） 0 名 鳥

飼（か）う 1 動 飼養

植物（しょくぶつ） 2 名 植物

植（う）える 0 動 種植

3 電気製品（でんきせいひん） 4 名 電器用品

電話（でんわ） 0 名 電話

携帯（けいたい） / 携帯電話（けいたいでんわ） 0 / 5 名 手機

ファックス 1 名 傳真機

テレビ 1 名 電視

ゲーム 1 名 遊戲機

パソコン 0 名 個人電腦

ノートブック 4 名 筆記型電腦

掃除機（そうじき） 3 名 吸塵器

ドライヤー 0 名 吹風機

洗濯機（せんたくき） 3 4 名 洗衣機

電子（でんし）レンジ 4 名 微波爐

オーブン 1 名 烤箱

トースター 1 名 烤麵包機

冷蔵庫（れいぞうこ） 3 名 冰箱

4 学校（がっこう） 0 名 學校

教師（きょうし） 1 名 教師

先生（せんせい） 3 名 老師

学生（がくせい） 0 名 學生

校長（こうちょう） 0 名 校長

担任（たんにん） 0 名 導師

通学（つうがく） 0 名 上下學

通う（かよう） 0 動 往來

幼稚園（ようちえん） 3 名 幼稚園

小学校（しょうがっこう） 3 名 小學

中学校（ちゅうがっこう） 3 名 中學、國中

高校（こうこう） 0 名 高中

大学（だいがく） 0 名 大學

専門学校（せんもんがっこう） 5 名 專門學校

予備校（よびこう） 0 名（應考）補習班

塾（じゅく） 1 名 補習班

大学院（だいがくいん） 3 名 研究所

遅刻（ちこく） 0 名 遲到

出席（しゅっせき） 0 名 出席

欠席（けっせき） 0 名 缺席

早退（そうたい） 0 名 早退

勉強（べんきょう） 0 名 學習

学習（がくしゅう） 0 名 學習

昼休み（ひるやすみ） 3 名 午休

テスト 1 名 考試

カンニング 0 名 作弊

授業（じゅぎょう） 1 名 授課、課程

下校（げこう） 0 名 下課

5 会社（かいしゃ） 0 名 公司

通勤（つうきん） 0 名 上下班、通勤

職場（しょくば） 0 名 工作單位、工作場所

出勤（しゅっきん） 0 名 上班

欠勤（けっきん） 0 名 缺勤

出社（しゅっしゃ） 0 名 去公司上班

退社（たいしゃ） 0 名 下班

退職（たいしょく） 0 名 退休、辭職

辞職（じしょく） 0 名 離職、辭職

会議（かいぎ） 1 名 會議

会議室（かいぎしつ） 3 名 會議室

勤（つと）める 3 動 就業、工作、擔任

働（はたら）く 0 動 做事、工作

仕事（しごと） 0 名 工作

残業（ざんぎょう） 0 名 加班

社長（しゃちょう） 0 名 社長

部長（ぶちょう） 0 名 部長

課長（かちょう） 0 名 課長

係長（かかりちょう） 3 名 科長

社員（しゃいん） 1 名 員工

アルバイト 3 名 打工

給料（きゅうりょう） 1 名 薪水

月給（げっきゅう） 0 名 月薪

時給（じきゅう） 0 名 時薪

年休（ねんきゅう） 0 名 年休

社員旅行（しゃいんりょこう） 4 名 員工旅遊

6 買い物（かいもの）/ショッピング 0 / 1 名 購物

コンビニ / コンビニエンスストア 0 / 9 名 便利商店

スーパー / スーパーマーケット 1 / 5 名 超級市場

デパート 2 名 百貨公司

バーゲン 1 名 特價、特賣

商店街（しょうてんがい） 3 名 商店街

雑貨（ざっか） 0 名 雜貨

日用品（にちようひん） 0 名 日常用品

割引き（わりびき） 0 名 打折

パーセント 3 名 百分比

食料品（しょくりょうひん） / 食品（しょくひん） 0 / 0 名 食品

試食（ししょく） 0 名 試吃

試着（しちゃく） 0 名 試穿

クレジットカード 6 名 信用卡

現金（げんきん） / キャッシュ 3 / 1 名 現金

売る（うる） 0 動 賣

買う（かう） 0 動 買

7 役所（やくしょ） 3 名 公所

公共（こうきょう） 0 名 公共

機関（きかん） 1 名 機關

行政（ぎょうせい） 0 名 行政

大使館（たいしかん） 3 名 大使館

外務省（がいむしょう） 3 名 外交部

入国管理局（にゅうこくかんりきょく） 7 名 入境管理局

市役所（しやくしょ） 2 名 市公所

役人（やくにん） 0 名 官員

公務員（こうむいん） 3 名 公務員

国民（こくみん） 0 名 國民

市民（しみん） 1 名 市民

住民（じゅうみん） 0 名 住民

税金（ぜいきん） 0 名 稅金

払う（はらう） 2 動 支付

納める（おさめる） 3 動 繳納

住民税（じゅうみんぜい） 3 名 居民稅

消費税（しょうひぜい） 3 名 消費稅

所得税（しょとくぜい） 3 名 所得稅

免税（めんぜい） 0 名 免稅

税務署（ぜいむしょ） 3 4 名 稅務局

8 手続き（てつづき） 2 名 手續

氏名（しめい） 1 名 姓名

住所（じゅうしょ） 1 名 地址

年齢（ねんれい） 0 名 年齡

写真（しゃしん） 0 名 照片

国籍（こくせき） 0 名 國籍

記入（きにゅう） 0 名 填上、填入

登録（とうろく） 0 名 登記

申請（しんせい） 0 名 申請

通知（つうち） 0 名 通知

変更（へんこう） 0 名 變更

手数料（てすうりょう） 2 名 手續費

身分証明書（みぶんしょうめいしょ） 8 名 身分證

運転免許証（うんてんめんきょしょう） 7 名 駕駛執照

確認（かくにん） 0 名 確認

印鑑（いんかん） / 判子（はんこ） 3 / 3 名 印章

資格（しかく） 0 名 資格

更新（こうしん） 0 名 更新

第26～30天

問題5「統合理解」

考試科目（時間）	題型			
	大題		內容	題數
聽解50分鐘	1	課題理解	聽取具體的資訊，選擇適當的答案，測驗是否理解接下來該做的動作	5
	2	重點理解	先提示問題，再聽取內容並選擇正確的答案，測驗是否能掌握對話的重點	6
	3	概要理解	測驗是否能從聽力題目中，理解說話者的意圖或主張	5
	4	即時應答	聽取單方提問或會話，選擇適當的回答	12
	5	統合理解	聽取較長的內容，測驗是否能比較、整合多項資訊，理解對話內容	4

問題 5 注意事項

❋「問題5」會考什麼？

聽取較長的內容，測驗是否能比較、整合多項資訊，理解對話的內容。大多是二、三個人的會話，內容有討論話題、和別人商量或交換意見等等。要注意聽對話裡面出現的關鍵字！

❋「問題5」的考試形式？

共有四個小題，試題本上沒有印任何字，所以要仔細聆聽。首先聽較長的內容，內容有二種模式，有可能是一段長的對話，也有可能是某個人說一段長的話，聽完之後，馬上就要一邊聽問題，立刻選出一個正確答案。

❋「問題5」會怎麼問？ MP3 46

・おばあさんはどうして退院(たいいん)したいのですか。

奶奶為什麼想出院呢？

・女(おんな)の子(こ)はどうして遅刻(ちこく)するかもと言(い)っていますか。

女孩正在說為什麼可能會遲到呢？

・店員(てんいん)はどうしてお客様(きゃくさま)を居(い)づらくさせようとしているのですか。

店員為什麼要讓客人很難待下去呢？

問題 5 實戰練習

問題5

問題5では、長めの話を聞きます。この問題には練習はありません。

メモをとってもかまいません。

— メモ —

1番 MP3 47

2番 MP3 48

3番 MP3 49

4番 MP3 50

問題 5 實戰練習解析

問題5

問題5では、長めの話を聞きます。この問題には練習はありません。

メモをとってもかまいません。

問題5是長篇聽力。這個問題沒有練習。

可以做筆記。

（M：男性、男孩　F：女性、女孩）

1番 MP3 47

同僚3人が社員旅行の行き先について話しています。

F1：みんなはどこに行きたい？

F2：東京ディズニーランドなんてどうですか？ミッキーマウスにも会えるし。

M ：女の子はいいかもしれないけど、男の俺達にはちょっとね。

F1：そうね、男性はみんな反対でしょ。

F2：じゃ、箱根の温泉とかどうですか？

M ：いいね。温泉につかってのんびりするの、いいんじゃない？

F1：そうね。最近、毎日残業ばかりで、みんな疲れてるだろうし。それに、温泉につかった後に飲むビールって、おいしいのよね～。

M ：課長、いつもお酒のことばっかりですね。

F1：これ、大事よ。

F2：私、露天風呂のある旅館がいいです！

M ：賛成！それで、混浴だったら最高！

F1：それは個人で行ったときにどうぞ。

M ：残念。

社員旅行はどうして箱根に決まりましたか。

1. 混浴風呂に入れるから
2. 温泉でのんびりできるから
3. ミッキーマウスに会えるから
4. おいしいビールが飲めるから

同事三個人就員工旅行的地點說著話。

F1：大家想去哪裡？

F2：東京迪士尼樂園如何呢？還可以看到米奇。

M ：女生可能很好，但是我們男生就有點……。

F1：是啊！男生大家都會反對吧！

F2：那麼，箱根的溫泉之類的如何呢？

M ：好耶！泡在溫泉中，悠閒地度過，不錯吧？

F1：是啊！最近每天都加班，大家累壞了吧！而且，泡完溫泉喝杯啤酒，很好喝吧～。

M ：課長，老是在想喝酒的事呢。

F1：這個，很重要啊！

F2：我，喜歡有露天溫泉的旅館！

M ：贊成！還有，混浴的話最棒！

F1：那個，你自己去的時候請便。

M ：真可惜。

員工旅行為什麼決定箱根了呢？

1. 因為可以去混浴溫泉
2. 因為可以在溫泉悠閒度過
3. 因為可以看到米奇
4. 因為可以喝美味的啤酒

答案：2

2 番 MP3 48

家族3人がテレビについて話しています。

M ：最近、テレビの映りが悪いな。

F1：そうですね。もう10年も使ってますから。

M ：前のテレビは大地震で壊れたんだよな。ってことは、あれからもう14年だよ。

F2：じゃ、私が3歳のときじゃない。そろそろ新しいのに買い換えようよ。

F1：だめよ。まだ見られるんだから、もったいないわ。

M ：でも、この間、新聞に書いてあったぞ。パソコンとかテレビの画面の映りが悪いと、目にすごく負担がかかるんだって。

F2：手術することになったりしたら、お金がかかるよ。

F1：まったく大げさね。

F2：それに今は、テレビなんてすごく安いんだから。

M ：由美の言うことは正しいと思うよ。よし、新しいテレビを買おう！

F2：わ～い。

M ：じゃ、決まりだな。

F1：いいですよ。でもその代わり、お父さんの使ってないバイクとパソコン、売りますね。

M ：どうして。

F2：わ～い。

どうして新しいテレビを買うことにしましたか。

1. 目に悪いから
2. 地震で壊れたから
3. 母親がほしがるから
4. 映らなくなったから

家族三人就電視說著話。

M ：最近，電視的影像很差耶。

F1：對啊！因為都用了十年了。

M ：之前的電視，是在大地震時壞掉的吧。也就是說，從那之後已經十四年囉。

F2：那麼，不就是我三歲的時候。差不多該買台新的了吧！

F1：不行喔！因為還可以看，很可惜耶。

M ：可是，最近，報紙上有寫喔！據說電腦或電視的畫面影像不好的話，會造成眼睛很大的負擔。

F2：要是變成要動手術的話，很花錢的喔！

F1：真是太誇張了！

F2：而且，因為現在的電視非常便宜。

M ：我覺得由美說的很有道理喔！好！就買新的電視吧！

F2：哇啊～。

M ：那麼，就決定囉！

F1：好啊！但是取而代之的，是爸爸沒有在用的機車和電腦，就賣掉囉！

M ：為什麼？

F2：哇啊～。

為什麼決定要買新的電視呢？

1. 因為對眼睛不好
2. 因為在地震時壞掉了
3. 因為母親想要
4. 因為變得不能放映了

答案：1

3番 MP3 49

クラスメート4人が宿題について話しています。

M1：ねえ、数学の宿題、やった？

F1：もちろん。

M2：俺、まだやってない。やばいよね。

F2：そりゃ、やばいわよ。横田先生、怒るとすごく怖いんだから。

M2：どうしよう。

F1：私の、写させてあげようか。

M1：うん、お願い。

M2：俺も！

F2：あっ、私も！

F1：あれっ、恭子もやってないの？

F2：今、気づいたんだけど、宿題のノート、家に忘れてきちゃったみたい。鞄に入ってないんだ。

恭子さんはどうして人の宿題を写すのですか。

1. 男の子達が写すから
2. 自分の解答に自信がないから
3. 宿題をやるのを忘れてしまったから
4. 宿題のノートを忘れてきてしまったから

同學四人就作業正說著話。

M1：喂，數學作業，寫了嗎？

F1 ：當然。

M2：我，還沒有寫。糟糕了啦！

F2 ：那樣的話，糟糕了喔！因為橫田老師發起怒來，非常恐怖。

M2：怎麼辦？

F1 ：我的，讓你抄吧！

M1：嗯，拜託了。

M2：我也是！

F2 ：啊，我也是！

F1 ：咦～，恭子也沒有寫嗎？

F2 ：現在，我才發現，作業的本子，好像忘在家裡了。沒有放進書包。

恭子為什麼要抄別人的作業呢？

1. 因為男生們要抄

2. 因為對自己的答案沒有自信

3. 因為忘了寫作業

4. 因為忘了帶作業的本子來

答案：4

4 番 MP3 50

同僚3人が来週の予定について話しています。

F1：日本商事の訪問って、来週の何曜日だっけ。

M ：火曜日だったよね。

F2：ええ、8日の火曜日です。

F1：どうしよう。さっき社長に呼ばれて、その日の夕方、デザイン会社のスタッフが打ち合わせに来るから、出席するようにって。

M ：夕方か……。

F1：私、行かないでもいいかな？

M ：杉本さんがいないと困るよな。

F2：ええ。特に編集の部分については、杉本先輩がいないと……。

M ：日本商事の時間、2時だったよね。午前中に変えてもらえないかな。

F2：そうしましょう。

F1：大丈夫かな。

M ：今から電話してみるよ。たぶん大丈夫だと思う。

F1：じゃ、お願い。

重なった予定をどうすることにしましたか。

1. 訪問先に時間の変更をお願いすることにした
2. 訪問先に日にちの変更をお願いすることにした
3. 杉本さん抜きで訪問することにした
4. デザイン会社との打ち合わせには出席しないことにした

同事三人就下個星期的預定行程正說著話。

F1：日本商事的拜訪，是下個星期幾啊？

M ：是星期二吧！

F2：是的，是八號星期二。

F1：怎麼辦？剛才被社長叫去，說那一天的傍晚，設計公司的幹部要來磋商，要我出席。

M ：傍晚啊……。

F1：我，不去也可以嗎？

M ：杉本小姐不在的話，很傷腦筋啊！

F2：是的。尤其就編輯的部分，杉本前輩不在的話……。

M ：日本商事的時間，是二點吧！看可不可以改成上午。

F2：就那樣吧！

F1：沒問題嗎？

M ：現在立刻打電話看看吧！我想應該沒問題。

F1：那麼，麻煩你了。

重疊的預定行程，決定如何處理了呢？

1. 決定拜託拜訪單位變更時間了

2. 決定拜託拜訪單位變更日期了

3. 決定杉本小姐不去拜訪了

4. 決定不出席設計公司的磋商了

答案：1

聽解必考句型 5 MP3 51

1 かも　也許、說不定、可能

「かもしれない」的口語形式。偶爾會出現「かもよ」、「かもね」等形式。

・会議(かいぎ)はもう終(お)わったのかも。

說不定會議已經結束了。

・F1：今日(きょう)の合(ごう)コン、行(い)く？

F2：たぶんむり。陽子(ようこ)は行(い)くかもよ。

F1：今天的聯誼，要去嗎？

F2：可能不行。陽子說不定會去唷。

・午後(ごご)は雨(あめ)が降(ふ)るかも。

下午說不定會下雨。

2 だったら　那、那樣的話

用於說話者在聽到對方說的話或得到某種新訊息後，表示自己的態度或做出某種推測時。用法類似於「それなら」、「それでは」，是非常口語的說法。

・F：今日中に終わらせるのは無理です。
　M：だったら誰かに手伝ってもらいなさい！
　F：今天之內完成是不可能的。
　M：那樣的話，請誰幫你忙吧！

・M：俺にはそんなこと言えないよ。
　F：だったら私が言ってあげる。
　M：我無法說那樣的話耶。
　F：那，我幫你說吧！

・M：杉下先生、結婚するんだって。
　F：だったら、学校はやめるかもしれないね。
　M：聽說杉下老師要結婚耶。
　F：那，她可能會辭掉學校的工作喔。

3 からには　既然……就……

表示「當然的因果關係」，後項多為決心、希望、義務或確信等說法。

・学費を払ったからには、がんばって勉強しなさい。

既然付了學費，就要努力唸書！

・いったん引き受けたからには、仕事はきちんとします。

既然答應了，就要把工作做好。

・あなたがそんなに反対するからには、きっと何か理由があるのでしょう。

既然你那麼的反對，我想一定有什麼理由吧。

4 だらけ　滿是……、全是……

表示數量過多或附著的東西過多，用於表達不希望出現的、不好的傾向，所以意思與正面意義的「……でいっぱい」（充滿……）不太一樣。

・部屋の中はごみだらけなので、掃除がたいへんだ。

因為房間裡滿是垃圾，所以打掃很辛苦。

・昔、この公園は浮浪者だらけで怖かった。

以前這個公園裡因為滿是流浪漢，所以很恐怖。

・息子がけがをして血だらけで帰ってきた。

兒子受了傷滿身是血回來了。

5 でしょ　……吧？、……不是嗎？

「だろう」的口語、「でしょう」的省略形式。「だろう」一般是男性使用，「でしょう」或「でしょ」則是男女都可以使用。表示確認，含有希望聽話者能表示同意的期待。

・今年も不景気は続くでしょ。

今年不景氣也會持續吧？

・おもしろい企画だけど、お金もかかるでしょ。

雖然是有趣的企畫，但要花不少錢吧？

・その携帯、お年寄りにはちょっと不便でしょ。

那支手機，對老人來說恐怕有點不方便吧？

6 だなんて　說什麼……

用於重覆對方說的話，並表示責怪、責難或批評，也可用於針對非自己責任的事情，表達悲傷的心情等等。偶爾會出現單獨使用「なんて」的用法。

・突然消えちゃうだなんて、ひどすぎる。

說什麼突然消失了，也太過分了。

・口だけで何もしないだなんて、卑怯な奴だ。

說什麼只出一張嘴什麼都不做，卑鄙的傢伙啊。

・娘が突然留学したいだなんて言い出して、困っている。

說什麼女兒突然說想去留學，傷腦筋。

7 ぬく　……到底、一直……

把所必須的行為或過程都做完的意思。歷經痛苦或辛苦而完成的感覺較強。

・マラソンは苦しかったが、最後まで走りぬいた。

雖然馬拉松很痛苦，但還是跑完了全程。

・長い時間考えぬいた結果の決心だから、もう考えが変わることはありません。

因為是經過長時間再三考慮的決心，所以想法不會再改變。

・一度やると決めたからには、あきらめないで最後までがんばりぬこう。

一旦決定做了，就不要放棄努力到底吧。

8 ふう　……風格、……樣子

偶爾會看到漢字「風」，但較常用假名。表示「那種風格」或「那種樣式」的意思。修飾名詞時，以「名＋ふうの＋名」的形式出現。

・この料理はちょっとヨーロッパふうだ。

這道料理帶點歐洲風味。

・今度の日本語の先生は、今ふうのおしゃれな日本人だ。

這次的日文老師，是帶點現代風的時髦日本人。

・姉の彼氏は芸術家だというので変わり者だと思っていたが、会ってみたらサラリーマンふうの普通の男性だった。

因為聽說姊姊的男朋友是藝術家就以為是奇怪的人，但見面之後卻是上班族樣子的普通男生。

聽解必背單字 5 MP3 52

穿著篇

1 服(ふく) 2 名 衣服

上着(うわぎ) 0 名 上衣、外衣

セーター 1 名 毛衣

ベスト 1 名 背心

シャツ 1 名 襯衫

ブラウス 2 名 女性襯衫

T(ティー)シャツ 0 名 T恤

タンクトップ 4 名 無袖上衣

スーツ 1 名 套裝

ワンピース 3 名 連身裙、洋裝

コート 1 名 外套

ジャケット 1 2 名 夾克

ダウンジャケット 4 名 羽絨外套

スタジャン 0 名 運動短外套

スウェットパンツ 5 名 吸水性強的運動褲

背広(せびろ) 0 名 西裝

ズボン 2 名 褲子

半(はん)ズボン 3 名 短褲

スカート 2 名 裙子

ジーンズ 1 名 牛仔褲

和服(わふく) 0 名 和服

浴衣(ゆかた) 0 名 浴衣

パジャマ 1 名 睡衣

下着(したぎ) 0 名 內衣、內褲

パンツ 1 名 內褲

ブラジャー 2 名 內衣、胸罩

制服(せいふく) 0 名 制服

水着(みずぎ) 0 名 泳衣

2 アクセサリー 1 名 配件、飾品

ネクタイ 1 名 領帶

ネックレス 1 名 項鍊

イアリング 1 名 耳環

ピアス 1 名 穿針式耳環

指輪（ゆびわ） 0 名 戒指

腕時計（うでどけい） 3 名 手錶

ブレスレット 2 名 手鍊

アンクレット 1 名 腳鍊

靴下（くつした） 2 名 襪子

ヘアゴム 0 名 綁髮用橡皮筋

ヘアバンド 3 名 髮帶

カチューシャ 2 名 髮箍

バレッタ 2 名 髮夾

ヘアクリップ 3 4 名 鯊魚夾

ヘアコーム 3 名 髮簪

靴（くつ） 2 名 鞋子

ハイヒール 3 名 高跟鞋

ブーツ 1 名 靴子

運動靴（うんどうぐつ） 3 名 運動鞋

サンダル 0 名 涼鞋

バレエシューズ 4 名 芭蕾娃娃鞋

ビーチサンダル 4 名 海灘涼鞋

眼鏡（めがね） 1 名 眼鏡

コンタクトレンズ 6 名 隱形眼鏡

ベルト 0 名 腰帶、皮帶

スカーフ 2 名 絲巾

マフラー 1 名 圍巾

手袋（てぶくろ） 2 名 手套

帽子（ぼうし） 0 名 帽子

傘（かさ） 1 名 雨傘

日傘（ひがさ） 2 名 洋傘

バッグ 1 名 包包

巾着袋（きんちゃくぶくろ） 5 名 和式小提包

携帯（けいたい）ケース 5 名 手機套、手機殼

下駄（げた） 0 名 木屐

うちわ 2 名 圓扇

扇子（せんす） 0 名 扇子

帯（おび） 1 名 繫和服的帶子

3 布（ぬの） 0 名 布

綿（めん） 1 名 棉

羊毛（ようもう）/ウール 0 / 1 名 羊毛

絹（きぬ）/シルク 1 / 1 名 絲綢

麻（あさ） 2 名 麻

ポリエステル 3 名 聚酯纖維

皮（かわ）/革（かわ）/レザー 2 / 2 / 1 名 皮革

毛皮（けがわ） 0 名 毛皮

糸（いと） 1 名 絲線

毛糸（けいと） 0 名 毛線

無地（むじ） 1 名 素色、沒有花紋

派手（はで） 2 ナ形 華麗、鮮豔

地味（じみ） 2 ナ形 樸素

目立つ（めだつ） 2 動 引人注目、顯眼

柔らかい（やわらかい） 4 イ形 柔軟的

硬い（かたい） 0 2 イ形 硬的

薄い（うすい） 0 2 イ形 薄的

厚い（あつい） 0 イ形 厚的

4 色（いろ） 2 名 顏色

赤（あか） 1 名 紅色

青（あお） 1 名 藍色

黄色（きいろ） 0 名 黃色

緑（みどり） 1 名 綠色

白（しろ） 1 名 白色

黒（くろ） 1 名 黑色

紫（むらさき） 2 名 紫色

ピンク 1 名 粉紅色

オレンジ 2 名 橘色

灰色（はいいろ）/ グレー 0 / 2 名 灰色

金色（きんいろ）/ ゴールド 0 / 1 名 金色

銀色（ぎんいろ）/ シルバー 0 / 1 名 銀色

水色（みずいろ） 0 名 水藍色

茶色（ちゃいろ） 0 名 咖啡色、棕色

こげ茶色（ちゃいろ） 5 名 深咖啡色、深棕色

ベージュ 0 名 淺褐色

紺色（こんいろ） 0 名 藏青色、深藍色

蛍光色（けいこうしょく） 3 名 螢光色

透明（とうめい） 0 名 透明

濃（こ）い 1 イ形 濃的

淡（あわ）い 2 イ形 淺的、淡的

5 ファッション 1 名 時尚、流行

ブランド 0 名 名牌

モデル 1 0 名 模特兒

スーパーモデル 5 名 超級模特兒

ファッションマガジン 5 名 時尚雜誌

おしゃれ 2 名 ナ形 時尚、會打扮的（人）

オーダーメイド 5 名 量身訂做

メイク 1 名 化妝

ノーメイク / 素顔（すがお） 3 / 1 名 素顏、沒有化妝

ネイルアート 4 名 指甲彩繪

ヘアスタイル 4 名 髮型

フレグランス / 香水（こうすい） 2 / 0 名 香水

デザイナー 0 2 名 設計師

流行（りゅうこう） 0 名 流行

6 ケア商品（しょうひん） 3 名 保養品

化粧水（けしょうすい） 2 0 名 化妝水

乳液（にゅうえき） 1 0 名 乳液

美白（びはく）エッセンス 4 名 美白精華液

ベビーオイル 4 名 嬰兒油

シャンプー 1 名 洗髮乳

リンス 1 名 潤絲精

トリートメント 2 名 保養液

ボディーシャンプー 4 名 沐浴乳

洗顔（せんがん）フォーム 5 名 泡沫洗面乳

入浴剤（にゅうよくざい） 0 名 泡澡劑

ボディーパウダー 4 名 香體粉

マスク 1 名 面膜

油（あぶら）とり紙（がみ） 5 名 吸油面紙

スクラブクリーム 6 名 磨砂膏

脱毛（だつもう）クリーム 6 名 除毛膏

カミソリ 4 3 名 刮毛刀

電気（でんき）シェーバー 4 名 電動剃刀

脱毛（だつもう）テープ 5 名 除毛膠帶

脱毛（だつもう）ワックス 5 名 除毛蠟

シェービングフォーム 6 名 除毛泡沫

クレンジングオイル 7 名 卸妝油

クレンジングフォーム 7 名 卸妝泡沫

パウダースプレー 6 名 制汗噴霧

7 化粧品（けしょうひん） 0 名 化妝品

アイシャドー 3 名 眼影

アイライナー 3 名 眼線筆

アイブロウ 4 名 眉筆

マスカラ 0 名 睫毛膏

フェイスパウダー 4 名 蜜粉

チークカラー 4 名 腮紅

ファンデーション 3 名 粉底

パウダーファンデーション 7 名 粉餅

ベースクリーム 5 名 隔離霜

口紅（くちべに）/ リップスティック 0 / 5 名 唇膏

リップグロス 4 名 唇蜜

リップライナー 4 名 唇線筆

リップクリーム 5 名 護唇膏

つけまつげ 3 名 假睫毛

ビューラー 1 0 名 睫毛夾

パフ 1 名 粉撲

スポンジ 0 名 海綿

ネイルカラー / マニキュア 4 / 0 名 指甲油

ネイルアート 4 名 指甲彩繪

8 動作 1 名 動作

服を着る 穿衣服

ズボンを穿く 穿褲子

スカートを脱ぐ 脱裙子

帽子をかぶる 戴帽子

ネクタイをする 打領帶

ネックレスをつける 戴項鍊

眼鏡をかける 戴眼鏡

眼鏡をはずす 摘下眼鏡

眼鏡をとる 拔掉眼鏡

指輪をはめる 戴戒指

マフラーを巻く 圍圍巾

傘を差す 撐傘

香水をつける 噴香水

新しい服に着替える 換新衣服

衣替えをする 換裝

靴下を履く 穿襪子

靴を履き替える 換鞋子

体型が変わる 體型改變

ダイエットをする 減肥

服を縫う 縫衣服

手袋をはめる 戴手套

化粧をする 化妝

化粧を落とす 卸妝

おしゃれをする 打扮

きれいになる 變漂亮

新日檢N2聽解擬真試題＋解析

在學習完五大題的題目解析之後，馬上來進行擬真試題測驗加強學習成效，聽解實力再加強。

問題用紙

N2

聴解

（50分）

注　意

Notes

1. 試験が始まるまで、この問題用紙を開けないでください。
   Do not open this question booklet until the test begins.
2. この問題用紙を持って帰ることはできません。
   Do not take this question booklet with you after the test.
3. 受験番号と名前を下の欄（らん）に、受験票と同じように書いてください。
   Write your examinee registration number and name clearly in each box below as written on your test voucher.
4. この問題用紙は、全部で10ページあります。
   This question booklet has 10 pages.
5. この問題用紙にメモをとってもかまいません。
   You may make notes in this question booklet.

受験番号　Examinee Registration Number	

名前　Name	

日本語能力試験 解答用紙

N2 聴解

受験番号 Examinee Registration Number	

名前 Name	

〈ちゅうい Notes〉

1. くろいえんぴつ（HB、No.2）でかいてください。
   Use a black medium soft (HB or No.2) pencil.
   （ぺんやボールペンではかかないでください。）
   (Do not use any kind of pen.)
2. かきなおすときは、けしゴムできれいにけしてください。
   Erase any unintended marks completely.
3. きたなくしたり、おったりしないでください。
   Do not soil or bend this sheet.
4. マークれい Marking examples

よいれい Correct Example	わるいれい Incorrect Examples
●	⊗ ◒ ◯ ⓪ ⊖ ⦶ ●

もんだい
問題 1

1	①	②	③	④
2	①	②	③	④
3	①	②	③	④
4	①	②	③	④
5	①	②	③	④

もんだい
問題 2

1	①	②	③	④
2	①	②	③	④
3	①	②	③	④
4	①	②	③	④
5	①	②	③	④
6	①	②	③	④

もんだい
問題 3

1	①	②	③
2	①	②	③
3	①	②	③
4	①	②	③
5	①	②	③

もんだい
問題 4

1	①	②	③
2	①	②	③
3	①	②	③
4	①	②	③
5	①	②	③
6	①	②	③
7	①	②	③
8	①	②	③
9	①	②	③
10	①	②	③
11	①	②	③
12	①	②	③

もんだい
問題 5

1		①	②	③
2		①	②	③
3	(1)	①	②	③
	(2)	①	②	③

問題1

問題1では、まず質問を聞いてください。それから話を聞いて、問題用紙の1から4の中から、最もよいものを一つえらんでください。

1番 MP3 53

1. 運動会で走る練習をする
2. ポスターに色を塗る
3. 絵具を買いに行く
4. 鈴木先生から絵具をもらう

2番 MP3 54

1. 社長たちに会議の場所と時間を伝える
2. 今月の売り上げを表にする
3. 社長と専務を呼びに行く
4. 必要な資料を人数分コピーする

3番 MP3 55

1. 音楽の先生に言って場所を借りる
2. クラスの男子にメールで伝える
3. 音楽の先生に指導をお願いする
4. クラスのみんなにメールで伝える

4番 MP3 56

1. 英語で歌う
2. 英語で討論する
3. 英語でラブレターを書く
4. 英語でインタビューする

5番 MP3 57

1. 4,270円
2. 4,380円
3. 4,650円
4. 4,760円

問題2

問題2では、まず質問を聞いてください。そのあと、せんたくしを読んでください。 読む時間があります。それから話を聞いて、問題用紙の1から4の中から、最もよいものを一つえらんでください。

1番 MP3 58

1. 猫を叩いたから
2. 弟を叩いたから
3. テストで0点だったから
4. 妹のことを怒ったから

2番 MP3 59

1. 静かでよく勉強できるから
2. 犬がいて可愛いから
3. ドリンクが飲み放題だから
4. 可愛い店員さんがいるから

3番（ばん） MP3 60

1. おばあちゃんが入院（にゅういん）したから
2. 風邪（かぜ）をひいたから
3. 弟（おとうと）が骨折（こっせつ）したから
4. お母（かあ）さんが怪我（けが）したから

4番（ばん） MP3 61

1. 恋（こい）をしているから
2. おなかが痛（いた）いから
3. 風邪（かぜ）で熱（ねつ）があるから
4. ダイエットしているから

5番 MP3 62

1. 参加者の人数が増えたから
2. クーラーが壊れたから
3. モニターが使えないから
4. 工事中でうるさいから

6番 MP3 63

1. 12時
2. 12時半
3. 2時
4. 2時半

問題3

問題3では、問題用紙に何もいんさつされていません。この問題は、全体としてどんな内容かを聞く問題です。話の前に質問はありません。まず話を聞いてください。それから、質問とせんたくしを聞いて、1から4の中から、最もよいものを一つ選んでください。

— メモ —

1番 MP3 64

2番 MP3 65

3番 MP3 66

4番 MP3 67

5番 MP3 68

問題4

問題4では、問題用紙に何もいんさつされていません。まず文を聞いてください。それから、それに対する返事を聞いて、1から3の中から、最も良いものを一つ選んでください。

— メモ —

1番 MP3 69

2番 MP3 70

3番 MP3 71

4番 MP3 72

5番 MP3 73

6番 MP3 74

7 番（ばん） MP3 75

8 番（ばん） MP3 76

9 番（ばん） MP3 77

10 番（ばん） MP3 78

11 番（ばん） MP3 79

12 番（ばん） MP3 80

問題5

問題5では、長めの話を聞きます。この問題には練習はありません。

メモをとってもかまいません。

1番、2番

問題用紙に何もいんさつされていません。まず話を聞いてください。それから、質問とせんたくしを聞いて、最もよいものを一つ選んでください。

— メモ —

1番 MP3 81

2番 MP3 82

3番

まず話を聞いてください。それから、二つの質問を聞いて、それぞれ問題用紙の1から4の中から、最もよいものを一つ選んでください。

3番 MP3 83

質問1

1. 1番の電子辞書
2. 2番の電子辞書
3. 3番の電子辞書
4. 4番の電子辞書

質問2

1. 1番の電子辞書
2. 2番の電子辞書
3. 3番の電子辞書
4. 4番の電子辞書

擬真試題解答

問題1

1番 3

2番 1

3番 1

4番 2

5番 1

問題2

1番 2

2番 3

3番 4

4番 1

5番 2

6番 2

問題3

1番 2

2番 4

3番 3

4番 3

5番 1

問題4

1番 1

2番 3

3番 1

4番 3

5番 3

6番 2

7番 2

8番 1

9番 3

10番 2

11番 3

問題5

1番 1

2番 4

3番 質問1 3

質問2 2

擬真試題原文＋中文翻譯

問題1

問題1では、まず質問を聞いてください。それから話を聞いて、問題用紙の1から4の中から、最もよいものを一つえらんでください。

問題1，請先聽問題。接下來聽會話，從試題紙的1到4裡面，選出一個最適當的答案。

（M：男性、男孩；F：女性、女孩）

1番 MP3 53

先生と男の学生が話しています。男の学生はこのあとまず何をしますか。

F：大山くん、今日は塾の日？

M：いいえ、明日です。

F：そう。それなら、このあと来週の運動会の準備をするんだけど、手伝ってくれない？

M：はい、だいじょうぶです。
ぼくは何をすればいいですか。

F：大山くんは絵が上手だから、ポスターの作成をお願いしてもいい？

M：はい。どんな絵を描けばいいですか。

F：例えば、学生が汗を流しながら走ってるところとか。
運動着を着ているといいわね。

M：絵具で描きますか。

F：絵を描く道具は英語の鈴木先生のところにあるから、もらってきてくれる？

M：わかりました。でも、鈴木先生は今日、風邪でお休みでしたよ。

F：そうなの？じゃあ、お金を渡すから買ってきて。
（お金を渡す）よろしくね。

M：はい。

男の学生はこのあとまず何をしますか。

1. 運動会で走る練習をする
2. ポスターに色を塗る
3. 絵具を買いに行く
4. 鈴木先生から絵具をもらう

第1題

老師和男學生正在說話。男學生等一下要先做什麼呢？

F ：大山同學，今天是補習日？

M ：不是，是明天。

F ：那樣啊！那樣的話，等一下我要做下週運動會的準備，可以幫忙嗎？

M ：好的，沒問題。
　　我做什麼好呢？

F ：大山同學很會畫畫，所以麻煩你製作海報好嗎？

M ：好的。要畫什麼樣的畫好呢？

F ：例如，學生一邊流汗一邊跑步的場景呢？
　　穿著運動服比較好吧！

M ：用顏料畫嗎？

F ：畫圖的用具在教英語的鈴木老師那裡，所以可以幫我拿過來嗎？

M ：知道了。但是，鈴木老師今天感冒請假喔！

F ：那樣啊？那麼，我給你錢去買回來。
　　（把錢給對方）拜託了！

M ：好的。

男學生等一下要先做什麼呢？

1. 做運動會的跑步練習
2. 將海報上色
3. 去買顏料
4. 從鈴木老師那裡取得顏料

答案：3

2番 MP3 54

会社で男の人と女の人が話しています。女の人はこのあとまず何をしますか。

F：部長、明日の会議で必要なものがあったら、おっしゃってください。

M：じゃあ、悪いんだけど、今月の売り上げを表にしておいてくれるかな。

F：それなら、さっきやっておきました。

M：さすがだな。

F：資料のコピーは何人分必要ですか。

M：１６人分お願い。

F：はい。

M：あっ、そういえば社長と専務も来るんだった。

F：じゃあ、１８人分ですね。あとでやっておきます。
社長たちは何時からどこでやるのかご存知ですか。

M：いや、まだ伝えてなかった。

F：じゃあ、今からお伝えしてきます。

M：助かるよ。ありがとう。

女の人はこのあとまず何をしますか。

1. 社長たちに会議の場所と時間を伝える
2. 今月の売り上げを表にする
3. 社長と専務を呼びに行く
4. 必要な資料を人数分コピーする

第2題

公司裡男人和女人正在說話。女人接下來要先做什麼呢？

F ：部長，明天的會議，如果有什麼需要的東西，請告訴我。

M ：那麼，不好意思，可以幫我把這個月的銷售額製作成表嗎？

F ：如果是那個的話，剛剛已經做好了。

M ：果然是妳啊！

F ：資料要影印幾人份呢？

M ：麻煩十六人份。

F ：好的。

M ：啊，話說社長和專務也會來。

F ：那麼，就是十八人份囉！等一下我來處理。
社長他們知道幾點開始、要在哪裡舉行嗎？

M ：不，還沒有通知。

F ：那麼，我現在來通知。

M ：真是幫了大忙啊！謝謝。

女人接下來要先做什麼呢？

1. 通知社長他們會議的地點和時間
2. 把這個月的銷售額製作成表
3. 去叫社長和專務
4. 把需要的資料影印參與者份數

答案：1

3番 MP3 55

教室で男の子と女の子が話しています。男の子は最初に何をしなければなりませんか。

M：合唱コンクール、来月だよな。

F：そうだったね。

M：授業が終わったあと、みんなで練習しない？

F：そうだね。今年こそはぜったい優勝したい！

M：うん。高校生活、最後の年だもんね。

F：青木くん、クラスの男の子みんなにメールで伝えてくれる？
わたしは女の子にするから。

M：わかった。じゃあ、今からする。

F：あっ、そうそう。
その前に、音楽の先生に言って、場所を借りなきゃ。

M：そうだね。

F：まかせてもいい？

M：もちろん。

F：よろしくね。

男の子は最初に何をしなければなりませんか。

1. 音楽の先生に言って場所を借りる
2. クラスの男子にメールで伝える
3. 音楽の先生に指導をお願いする
4. クラスのみんなにメールで伝える

第3題

教室裡男孩和女孩正在說話。男孩一開始非做什麼不可呢？

M ：合唱比賽，是下個月吧！

F ：是啊！

M ：放學後，大家要不要一起練習？

F ：是啊！今天一定要拿冠軍！

M ：嗯。因為是高中生活最後一年了呢！

F ：青木同學，可以幫忙傳電子郵件給班上所有男生嗎？
我來傳給女生。

M ：知道了。那麼，現在就來傳。

F ：啊，對了。
在那之前，非跟音樂老師說一聲、借一下場地不可。

M ：對耶！

F ：可以拜託你嗎？

M ：當然。

F ：拜託囉。

男孩一開始非做什麼不可呢？

1. 跟音樂老師說一聲後借場地
2. 傳電子郵件給班上的男生
3. 拜託音樂老師指導
4. 傳電子郵件給班上所有的人

答案：1

4番 MP3 56

教室で先生が話しています。英語のテストはどのように行いますか。

F1　：みなさん、覚えていますか。
　　明日は英語のテストの日です。
M1　：忘れたいですが、覚えています（笑）。
F1　：（笑）そうですね。
　　こんどのテストの方法はちょっとちがいます。
M2　：ええ～。先生、難しいのはやめてください。
　　もしかして、また英語でラブレターを書くとかですか。
M1　：英語で歌を歌うとか？
F1　：どちらもちがいます。
F2　：わかった！英語で討論するとか。
F1　：そうです。
　　AとBに分かれて、一つのテーマについてちがう意見を言い合います。
M1　：難しすぎます。できません。
F1　：簡単な英語でいいんです。
　　正解はありません。英語で意見を言った人はみんな合格です。
F2　：おもしろそう。
M2　：うん、がんばるぞ！

英語のテストはどのように行いますか。

1.　英語で歌う
2.　英語で討論する

3. 英語(えいご)でラブレターを書(か)く

4. 英語(えいご)でインタビューする

第4題

教室裡老師正在說話。英語測驗要如何進行呢？

F1 ：各位，還記得嗎？
明天是英語測驗日。

M1：雖然想忘記，但是卻記得（笑）。

F1 ：（笑）真的耶！
這次考試的方法有點不同。

M2：咦～。老師，難的請不要。
難不成，又是用英語寫情書什麼的嗎？

M1：用英語唱歌什麼的嗎？

F1 ：哪一個都不是。

F2 ：我知道了！是用英語討論什麼的。

F1 ：沒錯。
分成A和B，針對一個主題交換不同的意見。

M1：太難了。沒辦法。

F1 ：可以用簡單的英語。
沒有正確的答案。凡是用英語講意見的人全部都會及格。

F2 ：好像很有趣。

M2：嗯，加油！

英語測驗要如何進行呢？

1. 用英語唱歌
2. 用英語討論
3. 用英語寫情書
4. 用英語採訪

答案：2

5番 MP3 57

食堂のカウンターで男の人と女の人が話しています。男の人はぜんぶでいくら払いますか。

M：お会計、お願いします。

F：はい。牛丼のAセットが一つ、カレーライスのCセットが2つ、コロッケ定食が一つ、Lサイズのアイスクリームが3つですね。

M：いえ、アイスクリームは2つです。

F：失礼しました。
Lサイズのアイスクリームが2つ、以上でよろしいでしょうか。

M：そうです。

F：ぜんぶで4，650円になります。

M：あれっ、4，270円だと思うんだけど。子供は半額なんですよね。

F：はい、そうですが……。

M：このカレーライスのセット、この子が食べたんだけど。

F：そうでしたか。さきほど、お子様の姿が見えなかったものですから。たいへん失礼いたしました。

M：カレーライスのCセットは760円だから、半額で380円だよね。

F：すみませんでした。もう一度計算させていただきます。
（もう一度計算する）
失礼いたしました。ぜんぶで4，270円になります。

男の人はぜんぶでいくら払いますか。

1.　4，270円

2.　4，380円

3. ４，６５０円（よんせん ろっぴゃくごじゅうえん）

4. ４，７６０円（よんせん ななひゃくろくじゅうえん）

第5題

食堂的結帳櫃檯，男人和女人正在說話。男人總共要付多少錢呢？

M ：麻煩結帳。

F ：好的。牛丼A套餐一份、咖哩飯C套餐二份、可樂餅定食一份、冰淇淋大杯三份，是嗎？

M ：不，冰淇淋是二份。

F ：不好意思。

冰淇淋大杯二份，以上這些對嗎？

M ：是的。

F ：總共是四千六百五十日圓。

M ：咦，我覺得是四千二百七十日圓……。小孩是半價吧！

F ：是的，雖然是那樣……。

M ：這個咖哩飯套餐，是這個孩子吃的……。

F ：那樣啊！我剛剛沒有看到小孩的身影。

非常抱歉。

M ：咖哩飯的C套餐是七百六十日圓，半價是三百八十日圓是嗎？

F ：不好意思。請讓我再計算一次。

（再計算一次）

抱歉。總共是四千二百七十日圓。

男人總共要付多少錢呢？

1. 四千二百七十日圓

2. 四千三百八十日圓

3. 四千六百五十日圓

4. 四千七百六十日圓

答案：1

問題2

問題2では、まず質問を聞いてください。そのあと、せんたくしを読んでください。 読む時間があります。それから話を聞いて、問題用紙の1から4の中から、最もよいものを一つえらんでください。

問題2，請先聽提問。之後，再閱讀選項。有閱讀的時間。接下來請聽會話，從試題紙的1到4裡面，選出一個最適當的答案。

1番 MP3 58

男の学生と女の学生が話しています。男の学生はどうしてお母さんに怒られたと言っていますか。

F：どうしたの？またテストで0点だった？

M：ちがうよ。
　　昨日、弟のことを叩いて、お母さんに怒られちゃったんだ。

F：えー、だめじゃない。どうして叩いたの？

M：だって、弟がタマのこと叩いたから。

F：タマって、あの猫のタマちゃん？

M：そう。弟は、タマが漫画本を破いたから叩いたって言ってた。
　　ひどいだろ。

F：そうね。でも、それで弟さんを叩いたら、同じじゃない。

M：そうだけど……。お母さんはいつも弟の味方なんだ。

F：うちもそうよ。
　　妹がわたしのお菓子を食べたから怒ったら、逆にお母さんに怒られた。

M：不公平だよ。

F：ほんとう！

男の学生はどうしてお母さんに怒られたと言っていますか。

1. 猫を叩いたから
2. 弟を叩いたから
3. テストで0点だったから
4. 妹のことを怒ったから

第1題

男學生和女學生正在說話。男學生說，為什麼他惹母親生氣了呢？

F　：怎麼了？考試又零分了嗎？

M　：不是啦！

　　昨天打了弟弟，惹媽媽生氣了。

F　：咦，不可以吧！為什麼打他呢？

M　：就是，因為弟弟打了小玉！

F　：小玉，那隻叫小玉的貓？

M　：對。弟弟說，小玉撕破漫畫書，所以打了牠。

　　很過分吧！

F　：真的耶！但是，因為那樣打了弟弟，（你和弟弟）不是一樣嗎？

M　：是沒錯啦……。媽媽總是站在弟弟那一邊。

F　：我家也是啊！

　　我因為妹妹吃了我的零食而生氣，結果反倒讓媽媽生我的氣。

M　：不公平啊！

F　：真的！

男學生說，為什麼他惹母親生氣了呢？

1. 因為打了貓
2. 因為打了弟弟
3. 因為考試零分
4. 因為生妹妹的氣

答案：2

2番 MP3 59

男の子と女の子が話しています。男の子はどうしてそこが好きですか。

F：今度の土曜日、いっしょに勉強しない？

M：いいよ。でも、塾はいやだよ。

F：どうして？土曜日は静かで、すごくいいよ。

M：せっかくの週末に塾なんて行きたくないよ。

F：じゃあ、どこでやる？図書館はうるさくて勉強できないよ。

M：俺の家はどう？

F：大きな犬がいるからいや。わたし、犬が苦手なの。

M：あんなに可愛いのに。

そうだ、駅前の喫茶店はどう？

F：どうして？可愛い店員さんがいるとか？

M：ちがうよ。

ドリンクとケーキのセットを頼むと、ドリンクが飲み放題なんだ。

F：じゃあ、何時間もいられるね。

M：そうなんだ。じゃ、決まり！

F：オッケー！

男の子はどうしてそこが好きですか。

1. 静かでよく勉強できるから
2. 犬がいて可愛いから
3. ドリンクが飲み放題だから
4. 可愛い店員さんがいるから

第2題

男孩和女孩正在說話。男孩為什麼喜歡那裡呢？

F　：這個星期六，要不要一起讀書？

M　：好啊！但是，不要在補習班喔！

F　：為什麼？星期六很安靜，非常好啊！

M　：難得的週末，不想去補習班什麼的啦！

F　：那麼，要在哪裡讀？圖書館很吵沒辦法讀喔！

M　：我家如何？

F　：你家的狗好大一隻，不要。我怕狗。

M　：明明那麼可愛。

　　對了，車站前的咖啡廳如何？

F　：為什麼？因為有可愛的店員什麼的嗎？

M　：不是啦！

　　因為只要點飲料和蛋糕組合，飲料可以喝到飽喔！

F　：那麼，可以待好幾個小時耶！

M　：沒錯！那麼，決定囉！

F　：OK！

男孩為什麼喜歡那裡呢？

1. 因為安靜，可以好好讀書
2. 因為有狗，很可愛
3. 因為飲料可以喝到飽
4. 因為有可愛的店員

答案：3

3番 MP3 60

男の学生と女の学生が話しています。男の学生が学校を休んだ理由は何ですか。

F：昨日、どうしたの？風邪とか？

M：ううん、ちがう。
　うちの用事で。

F：もしかして入院してたおばあちゃんに何かあった？

M：ちがうちがう。おばあちゃんは元気になって、先週退院した。

F：それならよかった。でも、何があったの？
　陽介くん、今日は元気ないから、心配だよ。

M：じつはさ、お母さんが骨折しちゃって。
　山登りのとき転んで、手と足を骨折。

F：転んで骨折？

M：ちょうどそばに大きい石があったんだって。
　俺が洗たくとか料理とか弟たちの世話とかやらなきゃならなくて。

F：そうだったんだ。たいへんだね。
　わたしにできることがあったら、遠慮しないで言ってね。

M：うん、ありがとう。

男の学生が学校を休んだ理由は何ですか。

1. おばあちゃんが入院したから
2. 風邪をひいたから
3. 弟が骨折したから
4. お母さんが怪我したから

第3題

男學生和女學生正在説話。男學生跟學校請假的理由為何呢？

F　：昨天，怎麼了？感冒什麼的嗎？

M　：不，不是。

因為家裡有事。

F　：難不成是住院的奶奶怎麼了嗎？

M　：不是不是。奶奶恢復元氣，上星期出院了。

F　：那太好了。但是，怎麼了嗎？

因為陽介今天無精打采，所以很擔心耶！

M　：其實，是我媽媽骨折了。

爬山的時候跌倒，手和腳骨折了。

F　：跌倒骨折？

M　：據説剛好旁邊有塊大石頭。

我非洗衣服、照顧弟弟們不可。

F　：原來如此啊！辛苦了啊！

如果有什麼我可以做的，請別客氣跟我説喔！

M　：嗯，謝謝。

男學生跟學校請假的理由為何呢？

1. 因為奶奶住院了
2. 因為感冒了
3. 因為弟弟骨折了
4. 因為媽媽受傷了

答案：4

4 番 MP3 61

父親と中学生の女の子が話しています。女の子はどうして食べたくないのですか。

M：どうしたんだ？

F：食べたくないの。

M：でも、優子の大好きなステーキだぞ。

F：うん。でも、いらない。

M：どうして？神戸の高級な肉だぞ。

F：食べたくないの！

M：おなかが痛いのか？それとも風邪で熱があるとか。

F：ちがう！うるさいな、ほっといてよ！

M：おい！父親に向かってそんな態度……。

F：ごめんなさい。ほんとうに食べたくないの。
　ダイエットしてるわけじゃないんだけど、食欲がないの。

M：失恋でもしたか？

F：ちがうよ。じつは、好きな人ができたの。
　その人のことを想うと胸が苦しくて何も食べたくないの。

M：なんだ。

女の子はどうして食べたくないのですか。

1. 恋をしているから
2. おなかが痛いから
3. 風邪で熱があるから
4. ダイエットしているから

第4題

父親和讀國中的女孩正在說話。女孩為什麼不想吃呢？

M ：怎麼了嗎？

F ：不想吃。

M ：可是，這是優子最喜歡的牛排耶！

F ：嗯。但是，不要。

M ：為什麼？這是神戶最高級的肉耶！

F ：不想吃！

M ：是肚子痛嗎？還是感冒發燒呢？

F ：不是！很煩耶！別管我啦！

M ：喂！對父親怎麼可以那樣的態度……。

F ：對不起。我是真的不想吃。

並不是因為在減肥，但是沒有食慾。

M ：是不是失戀啦？

F ：不是啦！其實，是有喜歡的人了。

只要一想起那個人，就胸悶，什麼都不想吃。

M ：什麼嘛。

女孩為什麼不想吃呢？

1. 因為掉進愛河
2. 因為肚子痛
3. 因為感冒發燒
4. 因為正在減肥

答案：1

5番 MP3 62

会社で男の人と女の人が話しています。会議の場所が変更になった理由は何ですか。

M：午後の会議、場所が変更になったんだって？

F：そうなの。今回の会議は資料とかたくさんあるから、昨日のうちに全部運んでおいたのに。今からまた移動させなきゃ。（ため息をつく）

M：手伝うよ。

F：助かる。ありがとう。

M：それにしても、どうして変更になったんだろう。人数が多いから、一番大きい部屋にするって言ってたよね。それに、あの部屋なら大きいモニターもあるから、便利だって。

F：そうなの。でも、クーラーが壊れちゃったらしいよ。

M：そりゃだめだ。50人も入ったら、みんな暑くて倒れるよ。

F：そうだよね。やばい！急がないと！

M：ほんとうだ。急いで移動させよう。

F：うん。

会議の場所が変更になった理由は何ですか。

1. 参加者の人数が増えたから
2. クーラーが壊れたから
3. モニターが使えないから
4. 工事中でうるさいから

第5題

公司裡男人和女人正在說話。會議地點變更了的理由為何呢？

M　：聽說下午的會議，地點變更了？

F　：是啊！這次的會議，資料什麼的好多，昨天全部都搬過去了……。現在又非再搬一次不可。（嘆氣）

M　：我來幫忙啦！

F　：得救了。謝謝。

M　：不過，為什麼變更了呢？
之前有說人數很多，要最大的房間是吧！
而且還說，如果是那間房間的話，因為還有大螢幕，所以很方便。

F　：是啊！不過，冷氣好像壞掉了的樣子喔！

M　：那就不行了。要是五十個人都進去，全部會熱昏吧！

F　：說的是啊！糟了！不快一點不行！

M　：真的耶！快一點搬吧！

F　：嗯。

會議地點變更了的理由為何呢？

1. 因為參加人數增加
2. 因為冷氣壞掉了
3. 因為螢幕不能使用
4. 因為施工中很吵

答案：2

6番 MP3 63

会社で男の人と女の人が話しています。2人はその新しい仕事をいつ始める予定ですか。

F：今、ちょっといい？

M：はい。

F：部長に新しい仕事を頼まれたんだけど、手伝ってもらえないかな。イタリア語ができる人が必要なの。お願い。

M：もちろんいいですけど、今やっている仕事が終わらないと……。

F：それ、急ぎの仕事なの？

M：はい、午後2時までに完成させて、ファックスすることになっています。

F：わたしも手伝うから、12時までに終わらないかな？

M：ちょっと難しいと思います。まだあと4分の1ほど残ってますから。

F：岡田さんと鈴木さんにも手伝ってもらえば？

M：いいですね。4人でやれば、12時までに終わると思います。

F：じゃあ、その30分後にこっちの仕事、始められるかな？

M：はい、だいじょうぶです。

F：ありがとう。

2人はその新しい仕事をいつ始める予定ですか。

1. 12時
2. 12時半
3. 2時
4. 2時半

第6題

公司裡男人和女人正在說話。二人預定何時開始那個新的工作呢？

F ：現在，可以稍微說一下話嗎？

M ：好的。

F ：部長交代了新的工作，可以幫忙嗎？
需要懂義大利語的人。拜託。

M ：當然好，但是我現在正在處理的工作不結束……。

F ：那個，是緊急的工作嗎？

M ：是的，預定下午二點以前完成，然後傳真。

F ：我也幫忙的話，十二點之前不能結束嗎？

M ：我覺得有點困難。因為還剩四分之一左右。

F ：如果也請岡田先生和鈴木先生幫忙的話呢？

M ：可以耶！四個人處理的話，我覺得十二點之前可以結束。

F ：那麼，在那之後三十分鐘，這裡的工作，有辦法開始嗎？

M ：是的，沒問題。

F ：謝謝。

二人預定何時開始那個新的工作呢？

1. 十二點
2. 十二點半
3. 二點
4. 二點半

答案：2

問題3

問題3では、問題用紙に何もいんさつされていません。この問題は、全体としてどんな内容かを聞く問題です。話の前に質問はありません。まず話を聞いてください。それから、質問とせんたくしを聞いて、1から4の中から、最もよいものを一つ選んでください。

問題3，試題紙上沒有印任何字。這個問題，是聽出整體是怎樣內容的問題。會話之前沒有提問。請先聽會話。接著，請聽提問和選項，然後從1到4裡面，選出一個最適當的答案。

1番 MP3 64

郵便局の窓口で女の人が話しています。

F：すみません、この小包を日本まで送りたいんですが、住所はどこに書けばいいですか。

M：航空便と船便がありますが、どちらにしますか。

F：航空便？

M：ああ、飛行機です。飛行機で送るものと船で送るものの2種類あります。

F：そうですか。飛行機のほうが早いですよね。

M：はい。日本なら3日くらいで着きますよ。
でも、その分、船便より高いですが……。

F：料金はどのくらいちがいますか。

M：お客様の小包を計ってみますね。
航空便だと２３７０元、船便だと６８０元です。

F：船だとどのくらいで着きますか。

M：通常は2、3か月かかります。

F：パイナップルケーキなので、航空便でお願いします。

M：かしこまりました。

女の人は、どう思っていますか。

1. 航空便は高くて、お金が足りない
2. 航空便は高いけど、早く届いてほしい
3. 航空便は高いのに、届くのが遅すぎる
4. 航空便でも船便でも、安ければ何でもいい

第1題

郵局的窗口，女人正在說話。

F ：對不起，這個小包想寄到日本，地址要寫在哪裡呢？

M ：有空運和海運，要哪一種呢？

F ：空運？

M ：啊，就是飛機。有用飛機寄送的東西、和用船寄送的東西二種。

F ：那樣啊！飛機的話比較快吧！

M ：是的。日本的話，三天左右就可以送達喔！
不過，相對的，比海運貴……。

F ：郵資大概差多少呢？

M ：我來秤客人您的小包看看喔！
空運的話是二千三百七十元，海運的話是六百八十元。

F ：船的話大約多久會到呢？

M ：通常需要二、三個月。

F ：因為是鳳梨酥，所以麻煩幫我用空運。

M ：知道了。

女人是怎麼考量的呢？

1. 因為空運很貴，錢不夠
2. 雖然空運很貴，但是希望能早點送達
3. 空運明明很貴，送達時間卻太晚
4. 不管是空運或是海運，只要便宜，哪個都好

答案：2

2番 MP3 65

ラジオで医者が話しています。

F：最近、眠れない人が急激に増えています。原因はさまざまですが、一番大きな理由はストレスだと言われています。現代人は学校でも会社でもたくさんのストレスを抱えて生活しています。そのうえ、それ以外の時間はスマホやパソコンの使いすぎで、脳がリラックスできていないんです。だから、薬を飲んでもあまり効果はありません。できれば、勉強や仕事以外の時間は、運動したり、音楽を聴いたりして、のんびりすることをおすすめします。そうそう、眠れないときは無理に寝ようとしないでくださいね。あたたかい牛乳やワインをちょっと飲むのもいいですし、ヨガも効果があります。ぜひお試しください。

医者は、何の話をしていますか。

1. 現代人の睡眠時間
2. 機械が人に与える害
3. 薬を飲む必要性
4. よく眠れる方法

第2題

收音機裡醫生正在說話。

F ：最近，無法入眠的人急速增加。儘管原因各式各樣，但據說最大的理由是壓力。現代人不管是在學校或是在公司，都背負著許多壓力生活著。而且，在那以外的時間，因為過度使用智慧型手機或是電腦，以致頭腦無法放鬆。所以，就算吃了藥也不太有效果。如果可以的話，建議讀書或是工作以外的時間，能運運動、聽聽音樂，從事些悠閒的事。對了，無法入眠時請不要強迫自己去睡喔！可以喝些熱牛奶或紅酒，還有做瑜珈也具效果。請務必試試看。

醫生，在說什麼事情呢？

1. 現代人的睡眠時間
2. 機器帶給人的傷害
3. 吃藥的必要性
4. 能好好入眠的方法

答案：4

3番 MP3 66

男の人と女の人がスーパーの前で話しています。

F：あら、安倍さん。こんにちは。

M：ああ、栗田さん。お久しぶりです。

F：今日は会社、お休みですか。

M：じつは妻が風邪ひいて寝てるんです。それで、子供たちの世話をしなきゃならなくて。

F：それは、たいへん！奥さまの風邪、ひどいんですか。

M：いえ、たいしたことありません。たまにはゆっくり休ませてあげようと思って。

F：そうですか。それで、お買い物ですか。
今日は野菜がとっても安いですからね。

M：いえ、妻の妹がこのスーパーで働いているので、お粥の作り方を聞こうと思って来たんです。ついでに、娘が作ったケーキを渡しに。

F：そうでしたか。

男の人は何をしに来ましたか。

1. 安い野菜を買うため
2. ケーキを買うため
3. 妻の妹に会うため
4. 栗田さんと話すため

第3題

男人和女人正在超級市場的前面説話。

F ：啊！安倍先生。午安！

M ：啊，栗田小姐。好久不見。

F ：今天公司休假嗎？

M ：其實是我太太感冒在睡覺。所以，非照顧孩子們不可。

F ：那真是辛苦了！夫人的感冒嚴重嗎？

M ：不，沒什麼大不了。只是我想偶爾讓她好好休息。

F ：那樣啊！所以，來買東西嗎？
因為今天的蔬菜非常便宜呢！

M ：不，由於我太太的妹妹在超級市場工作，所以來問她煮稀飯的方法。順便，
把我女兒做的蛋糕交給她。

F ：那樣啊！

男人為什麼來了呢？

1. 為了買便宜的蔬菜
2. 為了買蛋糕
3. 為了和妻子的妹妹見面
4. 為了和栗田小姐説話

答案：3

4 番 MP3 67

ホテルの案内係が話しています。

F：ようこそいらっしゃいました。当ホテルのご案内をさせていただきます青木と申します。どうぞよろしくお願いいたします。こちら１階はロビーとなっておりますが、奥に喫茶店もご用意してあります。コーヒーなどはこちらでお召し上がりください。また、アルコール類は地下１階のバーにてお召し上がりいただけます。それから、お土産やお菓子などは地下2階の売店でご購入いただけます。ただし、そちらは夜８時に閉店となっています。お風呂ですが、この廊下のつきあたりと5階にございます。時間はそれぞれちがいますので、こちらのポスターでご確認ください。

案内係は何について話していますか。

1. 温泉の利用時間
2. お土産の種類
3. 館内の場所案内
4. バーの閉店時間

第4題

飯店負責導覽的人正在説話。

F ：歡迎光臨。我是本飯店負責導覽的青木。請多多指教。這裡的一樓是大廳，但是裡面也設有咖啡廳。咖啡等請在這裡享用。此外，酒類可以在地下一樓的吧檯享用。然後，土產或是點心等可以在地下二樓的商店購買。但是，那裡晚上八點就會休息。浴場的部分，在這個走廊的盡頭的五樓。時間各不相同，所以請用這裡的海報確認。

導覽的負責人正就什麼做解説呢？

1. 溫泉的使用時間
2. 土產的種類
3. 館內各個場所的導覽
4. 吧檯的休息時間

答案：3

5番 MP3 68

テレビでアナウンサーが話しています。

M：新しいニュースが入ってきました。さきほど大阪の高速道路で大型バスと自家用車3台がぶつかる事故がありました。3台の自家用車のうち2台が横転し、運転手と助手席に乗っていた人の両方とも重傷で、近くの病院に運ばれています。残りの1台の後ろには子供が乗っていましたが、幸い怪我などはないということです。大型バスの運転手は意識不明の重体です。大阪警察が現在、事故の原因や状況を詳しく調べています。

何についてのニュースですか。

1. 高速道路での交通事故
2. 一般道路での交通事故
3. 大型バスの横転事故
4. 大型トラックの横転事故

第5題

電視裡播報員正在說話。

M ：最新消息進來了。剛剛大阪高速公路發生了大型巴士和三台自用小客車相撞的事故。三台自用小客車中的二台翻覆，二台車中的駕駛和坐在副駕駛座者，雙方皆受重傷，正送到附近的醫院中。據說剩下的一台，後座雖然有小孩，但還好沒有受傷。而大型巴士的駕駛昏迷不醒、生命垂危。大阪警察現在，正詳細調查事故發生的原因和狀況中。

是針對什麼的新聞呢？

1. 高速公路上的交通事故
2. 一般道路的交通事故
3. 大型巴士翻覆的事故
4. 大型卡車翻覆的事故

答案：1

問題4

問題4では、問題用紙に何もいんさつされていません。まず文を聞いてください。それから、それに対する返事を聞いて、1から3の中から、最もよいものを一つ選んでください。

問題4，試題紙上沒有印任何字。首先請先聽句子。接著，請聽它的回答，然後從1到3裡面，選出一個最適當的答案。

1番　MP3 69

F：これ、もらってください。

M：1. いや、そういうわけにはいきません。

2. そうすればよかったですね。

3. じゃあ、来週にしましょう。

第1題

F　：這個，請收下。

M　：1. 不，那怎麼行。

2. 那樣的話，就太好了耶。

3. 那麼，就決定下週吧！

答案：1

2番(ばん) MP3 70

M：週末(しゅうまつ)、ＤＶＤ(ディーブイディー)借(か)りてうちで見(み)ない？

F：1. 新(あたら)しいパソコン買(か)ったんだね。

2. 駅前(えきまえ)に映画館(えいがかん)ができたね。

3. それなら、ラブストーリーがいいな。

第2題

M ：週末，要不要借DVD在我家看？

F ：1. 買了新電腦了吧！

2. 車站前電影院蓋好了耶！

3. 那樣的話，愛情片好呢！

答案：3

3番(ばん) MP3 71

F：夜(よる)、電話(でんわ)でちょっと話(はな)したいんだけど……。

M：1. うん、何時(なんじ)でもいいから電話(でんわ)して。

2. うん、今(いま)はちょっと忙(いそが)しいんだ。

3. うん、いっしょに行(い)こう。

第3題

F ：晚上，想跟你通個電話……。

M ：1. 嗯，幾點都沒關係，打給我。

2. 嗯，現在有點忙。

3. 嗯，一起去吧！

答案：1

4番 MP3 72

M：このあと、手伝ってくれない？

F：1. すみません、遅刻しました。

2. 手伝いましたが、だめでした。

3. このあとですか。はい、わかりました。

第4題

M　：等一下，可以幫忙嗎？

F　：1. 對不起，遲到了。

2. 雖然幫忙了，但還是不行。

3. 等一下嗎？好的，知道了。

答案：3

5番 MP3 73

M：来年からアメリカの本社で働くんだって？おめでとう。

F：1. はい、がんばったんですけど……。

2. えっ、誰と行くの？

3. ええ、やっと決まりました。

第5題

M　：聽説明年開始，要去美國的總公司上班？恭喜！

F　：1. 是的，努力過了，但是……。

2. 咦，和誰去呢？

3. 是的，終於決定了。

答案：3

6番 MP3 74

F：昨日、デパートで社長と奥さんに会ったの。

M：1. わざわざ会いに行ったんだ。

2. へえ、偶然だね。

3. それは助かったね。

第6題

F：昨天，在百貨公司遇到了社長和夫人。

M：1. 是刻意去見面的。

2. 咦，還真巧啊！

3. 那得救了呢！

答案：2

7番 MP3 75

F：すみません、迷っちゃって。

M：1. かなり準備したでしょう。

2. この場所、分かりにくいよね。

3. 次の機会には、ぜひ。

第7題

F：對不起，迷路了。

M：1. 準備得相當充分了吧！

2. 這個地方，不好找吧！

3. 下次有機會，一定。

答案：2

8番 MP3 76

F：またスマホ、買うの？もう持ってるでしょう？

M：1. だって、新しいのが出たんだもん。

2. うん、少しならいいでしょう？

3. それなら、がんばって買うしかないよ。

第8題

F　：智慧型手機，又要買嗎？不是已經有了嗎？

M　：1. 因為，又出新型了啊！

2. 嗯，一點點的話沒關係吧？

3. 那樣的話，就只能加油來買啦！

答案：1

9番 MP3 77

M：営業の杉田さん、がんばったね。

F：1. いや、どうしても必要だったみたいです。

2. はい、あまり練習しませんでしたから。

3. ええ、かなり準備したみたいですよ。

第9題

M　：營業部的杉田先生，很努力耶！

F　：1. 不，好像無論如何都有必要。

2. 是的，因為之前都沒有好好練習。

3. 是的，好像充分準備了呢！

答案：3

10番 MP3 78

F：あのう、課長の明日のスケジュール、分かりますか。

M：1. それでしたら、あさって聞いてください。

2. 明日は大阪に出張だと聞いています。

3. いえ、明日はもう行きませんよ。

第10題

F　：請問，課長明天的行程，知道嗎？

M　：1. 那樣的話，請後天再問。

2. 聽說明天要去大阪出差。

3. 不，明天已經不去了喔！

答案：2

11番 MP3 79

M：昨日の飲み会、来ればよかったのに。

F：1. いい日になるといいですね。

2. ごいっしょしないで、よかったです。

3. 次の機会には、ぜひ参加させてください。

第11題

M　：昨天的聚餐，要是能來就好了。

F　：1. 若能成為美好的一天，就太好了！

2. 能不在一起，太好了。

3. 下次有機會，請一定讓我參加。

答案：3

12番 MP3 80

F：たまには私におごらせてよ。

M：1. どうしてそんなに怒るの？

2. いや、そういうわけには。

3. 遠慮したほうがいいよ。

第12題

F ：偶爾讓我請啦！

M ：1. 為什麼那麼生氣呢？

2. 不，沒有這道理。

3. 迴避一下比較好喔！

答案：2

問題5

問題5では、長めの話を聞きます。この問題には練習はありません。

メモをとってもかまいません。

問題5是長篇聽力。這個問題沒有練習。

可以做筆記。

1番、2番

問題用紙に何もいんさつされていません。まず話を聞いてください。それから、質問とせんたくしを聞いて、最もよいものを一つ選んでください。

第一題、第二題

問題紙上沒有印任何字。首先，請聽會話。接著，請聽提問和選項，然後選出一個最適當的答案。

1番 MP3 81

スーパーで女の人と店員が話しています。

F：あのう、牛肉を探しているんですけど……。

M：牛肉でしたら、そちらです。

F：なるべく安いものがいいんですが……。

M：それでしたら、こちらの１番の肉はいかがですか。

F：日本の肉じゃないんですね。

M：はい、日本のものは高いです。こちらはアメリカの肉です。日本の肉ほどおいしくないですが、硬くないのでけっこう人気なんですよ。

F：値段がこんなにちがうんですね。

M：はい、でも味もちがいますから。日本の肉はとてもやわらかくて、おいしいです。こちら2番の宮崎県の肉は毎日音楽を聴かせたり、外で散歩させたりして育てているそうです。

F：人間よりいい生活をしていますね。（笑）

M：そうですね。（笑）こちら３番のお肉はいかがですか。小さめですが、値段は2番の肉の半分です。

F：買いたいですが、やはり日本のものは高すぎてむりですね。あっちにある４番の肉もアメリカのですか。

M：いいえ、オーストラリアのものです。でもちょっと硬めですよ。

F：そうですか。日本の肉は高くて買えないので、外国のもので硬くないあっちの肉にします。

女の人はどの肉を買うことにしましたか。

1. 1番の肉
2. 2番の肉
3. 3番の肉
4. 4番の肉

第1題

超級市場裡女人和店員正在說話。

F　：那個，我正在找牛肉……。

M　：牛肉的話，是那邊。

F　：盡可能便宜的好……。

M　：如果那樣的話，這裡的一號肉如何呢？

F　：不是日本的肉吧！

M　：是的，日本的肉貴。這裡是美國的肉。
雖然沒有日本的好吃，但是因為不硬，所以相當受歡迎喔！

F　：價錢差這麼多啊！

M　：是的，但是味道也截然不同。日本的肉非常柔軟，而且好吃。這裡二號宮崎縣的肉，聽說是每天讓牠聽聽音樂、到外頭散散步養大的。

F　：比人類過得還好啊！（笑）

M　：是啊！（笑）這裡的三號肉如何呢？
雖然小一點，但是價格只有二號肉的一半。

F　：雖然想買，但日本的肉還是太貴，沒辦法啊！
那邊的四號肉也是美國的嗎？

M　：不是，是澳洲的肉。但是有點硬喔！

F　：那樣啊！日本的肉貴沒辦法買，所以決定買外國的、然後不硬的那個肉。

女人決定買哪一種肉呢？

1. 一號的肉
2. 二號的肉
3. 三號的肉
4. 四號的肉

答案：1

2番 MP3 82

家族3人が夏休みについて話しています。

F1：もうすぐ夏休みね。

F2：うん、チョー楽しみ！

M ：優子はどこに行きたい？海とか、山とか。

F2：山はぜったいいや！

去年、山小屋に泊まって蚊に刺されて、かゆくてたいへんだったもの。

F1：そうね。それに、クーラーがなかったから、暑くて寝られなかったわね。

M ：大自然の中で過ごすっていうのは、そういうもんだぞ。

F2：今年は海に行こう！沖縄がいい！

M ：沖縄じゃ、飛行機で行かなきゃならないぞ。

F2：飛行機はぜったいいや！

沖縄はやめて、東京ディズニーランドにしよう！

M ：なんだよ、それ。海じゃないじゃないか。

F2：いいの。ミッキーに会いたいの。

それに、行く途中で海も見られるじゃない。

F1：優子が行きたいところでいいわよ。

M ：じゃ、そうしよう。

家族はどこに行くことに決めましたか。

1. 娘は沖縄が好きなので、飛行機に乗って行く

2. 山は蚊がたくさんいるので、近くの海に行く
3. 海が怖いので、東京ディズニーランドに行く
4. 海を通って、東京ディズニーランドに行く

第2題

家族三人正在講暑假的事情。

F1 ：快要暑假了呢！

F2 ：嗯，超級期待！

M ：優子想去哪裡？海邊啊？還是山上啊？

F2 ：絕對不要山上！
去年，住在山裡的小木屋，被蚊子叮，癢到受不了。

F1 ：是啊！而且，因為沒有冷氣，熱到睡不著呢！

M ：在大自然中度過，就是那麼一回事啊！

F2 ：今年去海邊吧！沖繩好！

M ：沖繩的話，不搭飛機不行啊！

F2 ：絕對不要飛機！
不要去沖繩，改到東京迪士尼樂園吧！

M ：什麼啊！那個。根本不是海邊吧！

F2 ：好啦！我想去看米奇啦！
而且，去的途中也看得到海不是嗎？

F1 ：優子想去的地方就好喔。

M ：那麼，就那樣吧！

家族決定要去哪裡了呢？

1. 由於女兒喜歡沖繩，所以要搭飛機去
2. 由於山上蚊子很多，所以去附近的海邊
3. 由於海很恐怖，所以去東京迪士尼樂園
4. 經過海，去東京迪士尼樂園

答案：4

3番

まず話を聞いてください。それから、二つの質問を聞いて、それぞれ問題用紙の1から4の中から、最もよいものを一つ選んでください。

第三題

首先，請聽會話。接著，請聽二個提問，然後分別從問題紙的1到4當中，選出一個最適當的答案。

3番 MP3 83

電気屋で販売員が電子辞書を紹介しています。

F1：お客様、電子辞書はいかがですか。4種類あります。1番目は今、たいへん話題の電子辞書です。実際のアナウンサーが発音しているので、正確でとても美しい音声が楽しめます。2番目は、カタカナ用語が充実していて、紙の辞書にはない最新のカタカナ用語が載っています。3番目は値段が安いので、学生に人気です。音声機能はついていませんが、専門用語が豊富です。最後に4番目ですが、こちらは18か国の言語に翻訳できる機能がついています。海外旅行に行く方がよく買っていきます。

F2：お父さん、買って！最近、論文のこと調べることが多いんだけど、辞書に載ってない言葉があるの。お店の人がさっき、専門用語が豊富って言ってたあの電子辞書がほしい。

M ：じつはお前のお母さんにも頼まれてたんだ。誕生日プレゼントに電子辞書がほしいんだって。

F2：お母さん、どうして必要なの？海外旅行に行くわけじゃないし。

M ：お母さん、最近、外国人に日本語を教えてるだろう。それで、カタカナ用語をよく聞かれるらしいんだけど、知らないものがけっこうあるんだって。

F2：へえ。じゃ、お母さんにはそっちの買ってあげて。わたしはこっち。

M ：わかったよ。

質問1. 女の子はどの電子辞書がほしいと言っていますか。

1. １番の電子辞書
2. 2番の電子辞書
3. ３番の電子辞書
4. ４番の電子辞書

質問2. お母さんにはどの電子辞書がいいと言っていますか。

1. １番の電子辞書
2. 2番の電子辞書
3. ３番の電子辞書
4. ４番の電子辞書

第3題

電器行裡銷售員正在介紹電子辭典。

F1：各位貴賓，電子辭典如何呢？有四種。一號，是目前受到熱烈討論的電子辭典。由於有真正播報員的發音，所以可以享受到既正確又優美的聲音。二號則是有豐富的片假名用語，收錄了紙張辭典裡所沒有的最新片假名用語。三號由於價格便宜，所以受到學生的歡迎。雖然沒有搭配聲音功能，但是專門用語豐富。最後是四號，這種搭配有十八國語言的翻譯功能。要出國旅行的貴賓，經常會買來帶去。

F2：爸爸，買啦！最近論文的事情常常會查，但是有些字，辭典裡都沒有。我想要店員剛剛說的、專門用語豐富的那個電子辭典。

M：其實妳媽媽也拜託我了。她說想要電子辭典當生日禮物。

F2：媽媽，為什麼需要呢？也沒有要出國旅行啊！

M：媽媽最近，不是正在教外國人日語嗎？然後，好像經常被問到片假名用語，但是她說，有很多她都不會。

F2：咦！那麼，買那個給媽媽。我則是這個。

M：知道了啦！

提問1.　女孩說想要哪個電子辭典呢？

1. 一號的電子辭典
2. 二號的電子辭典
3. 三號的電子辭典
4. 四號的電子辭典

答案：3

提問2.　媽媽說要那個電子辭典呢？

1. 一號的電子辭典
2. 二號的電子辭典
3. 三號的電子辭典
4. 四號的電子辭典

答案：2

國家圖書館出版品預行編目資料

新日檢N2聽解30天速成！ 新版 /
こんどうともこ著、王愿琦中文翻譯
-- 修訂二版 -- 臺北市：瑞蘭國際, 2024.02
240面；17 x 23公分 --（檢定攻略系列；91）
ISBN：978-626-7274-89-7（平裝）
1. CST：日語 2.CST：能力測驗

803.189　　113001394

檢定攻略系列 91

新日檢N2聽解30天速成！新版

作者｜こんどうともこ
中文翻譯｜王愿琦
總策劃｜元氣日語編輯小組
責任編輯｜葉仲芸、王愿琦
校對｜こんどうともこ、葉仲芸、王愿琦

日語錄音｜こんどうともこ、福岡載豐、野崎孝男、杉本好美、杉本優綺、鈴木健郎
錄音室｜不凡數位錄音室、純粹錄音後製有限公司、采漾錄音製作有限公司
封面設計｜劉麗雪、陳如琪・版型設計｜余佳憓
內文排版｜余佳憓、帛格有限公司、陳如琪
美術插畫｜KKDRAW

瑞蘭國際出版

董事長｜張暖彗・社長兼總編輯｜王愿琦

編輯部

副總編輯｜葉仲芸・主編｜潘治婷
設計部主任｜陳如琪

業務部

經理｜楊米琪・主任｜林湲洵・組長｜張毓庭

出版社｜瑞蘭國際有限公司・地址｜台北市大安區安和路一段104號7樓之一
電話｜(02)2700-4625・傳真｜(02)2700-4622・訂購專線｜(02)2700-4625
劃撥帳號｜19914152 瑞蘭國際有限公司
瑞蘭國際網路書城｜www.genki-japan.com.tw

法律顧問｜海灣國際法律事務所　呂錦峯律師

總經銷｜聯合發行股份有限公司・電話｜(02)2917-8022、2917-8042
傳真｜(02)2915-6275、2915-7212・印刷｜科億印刷股份有限公司
出版日期｜2024年02月二版1刷・定價｜480元・ISBN｜978-626-7274-89-7

PRINTED WITH SOY INK 本書採用環保大豆油墨印製

瑞蘭國際

瑞蘭國際